ちくま文庫

アンチクリストの誕生

レオ・ペルッツ
垂野創一郎 訳

筑摩書房

HERR, ERBARME DICH MEINER!

by

Leo Perutz

1930

目次

アンチクリストの誕生

「主よ、われを憐れみたまえ」

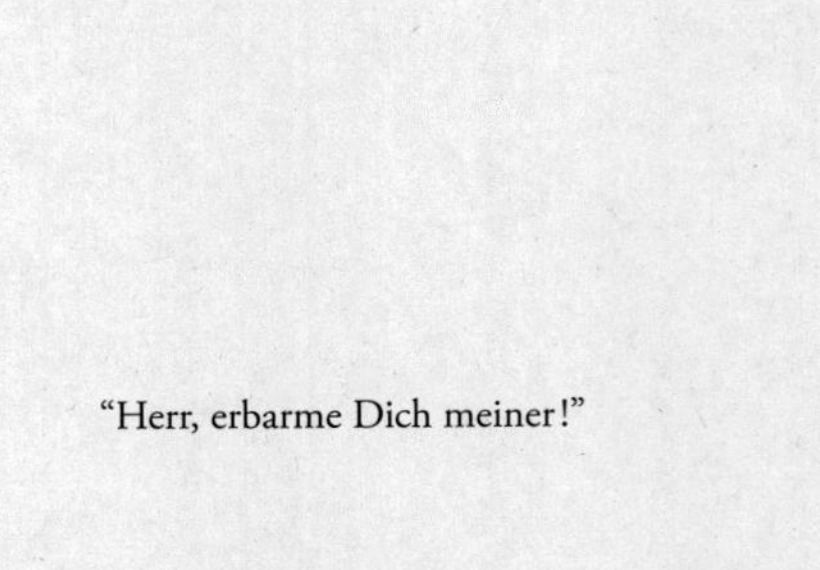

"Herr, erbarme Dich meiner!"

　ロシア内乱時代、デニキン中将が白軍連隊を率いてキエフ・チャーコフ間に前線を保持し、コルチャークが東からモスクワをおびやかしていたころ、ジェルジンスキーは全ロシア秘密警察（チェーカー）の議長だった。この男が亡くなってかなり経つ今、ヨーロッパ人は彼を心のない男、猟犬、冷酷無惨な殺人者と呼ぶ。あながち誤りではない。モスクワでは当時たくさんの血が流された。嫌疑を受けたものが毎日のようにチェーカー本部に連行され、数日後に迎えがトラックで来て死骸がどこかに埋められた。違法の反革命派、国外からの密偵、投機家、怠業者、白軍将校、社会革命党党員、ブルジョワ、あるいは食うためにやむをえず僅かな盗みを働いたものにも、ひとしなみに同じ運命が訪れた。壁を向いて立たされ、リヴォルヴァーの冷たい銃口がうなじに触れる――溜息、悲鳴、あるいは呪詛が食いしばった歯から漏れる。そして終わりがくる。罪もないのにチェーカーの犠牲となった者も多かった。だが有罪とか無罪とかいう言葉は何を意味するのか。誰もが神が心に埋めた掟にしたがって行動し、誰もがなさねばならぬことを行うだけなのに。

エカテリーンブルクで投獄された皇后を監視していた赤軍将校は、以前帝国の衛兵だったが、皇后からこう聞かれたそうだ。「お前はどうしてこんなことをするの。どうしてお前はボルシェビキになったの。帝国の衛兵だったお前が！」

看守にとって皇后はいまだに皇后であった。だから威儀を正してこう答えた。

「奉仕でございます！　奉仕こそ、陛下がわたくしどもに教えてくださったことです」

「でもお前はむかし皇帝（ツァーリ）に仕えていましたね。なのに今はレーニンに仕えているではありませんか」

「人民の皆さまが」もと衛兵はそう言うと、うやうやしく帽子に手をやった。「人民の皆さまが畏れ多くもそう望まれたのです、ですからそうせざるを得ないのです」

奉仕！　フェリクス・エドムンドヴィッチ・ジェルジンスキー、この全ロシア・チェーカーの議長も奉仕をしたにすぎない。奉仕以外のことはしなかった。人民の皆さまが、畏れ多くもそう望まれたから。

ジェルジンスキーはありきたりの人間ではなかった。ポーランドの小貴族の家に生まれ、若くしてロシアに来て学を修め、あげくコミュニストとなった。シェリングやショーペンハウエルのドイツ哲学、そしてあらゆる国の文豪――バルザック、ハムスン、ツルゲーネフ、ドストエフスキー――の作品を読んだ。ヴェルレーヌやボードレールの詩を朗誦した。チェロを奏でた。そのかたわら、毎日二ダースの死刑判決に躊躇（ちゅうちょ）なく署名した。

彼を訪れたスウェーデンかデンマークかの領事は、二杯目のお茶のあと、こう言ったそうだ。

「フェリクス・エドムンドヴィッチ、わたしにはあなたが理解できません。あなたはコミュニストになるためモスクワに来た農民ではない。れっきとした西洋人、文化人ではありませんか。そんなあなたが、どうしてこんな恐ろしい仕事をするのですか。なぜ他の者にやらせないのです。あなたならもっと大きな仕事もできるでしょうに。たとえば輸送制度の組織化であるとか」

「その分野に手をつけたこともあります」ジェルジンスキーはそう答えた。「わたしは三年のあいだ拘留され、囚人房に入っていました。そのとき輸送問題に携わったのです。一部屋には四人いて、桶が一つありました。この桶は毎日外に運ばねばなりません。さもなくば生活はおろか、呼吸さえできなくなりますから。毎日それを運んだのが、わたしでした。いいですか、チェーカーの仕事もまた、そういう桶なのです。わたしがそれをするほうが、どこかの農民がするよりましではないでしょうか——農民もコミュニストですが、農民にさせると、臭い農民ができてしまいます。それはわれわれ皆が嫌うものです。もしかしたら将来、このような桶が必要ない時代がやってくるかもしれません、わたしが生きているうちに……」

ジェルジンスキーはこういう男だった。亡くなってもうずいぶんになる。この男のことをこれから語ろう。それからもう一人、四時間のあいだ命をかけて戦ったあげく、神の慈悲を受けた男の話も。

一九一八年の終わり頃、エスエル党はレーニンを狙撃し葬ろうとした。この任務を課せられたのはファーニャ・カプラノーヴァという女だった。ある晩、レーニンは工場の労働者の前で演説をした。工場を出たところを、カプラノーヴァが近づいた。レーニンは気にとめず、知り合いの老工員に別れのあいさつをしたが、そのとき女はハンドバッグからリヴォルヴァーを出して撃った。間を置かず三発撃ち、レーニンは重傷を負った。ソヴィエト政府はこの暗殺未遂に赤色テロで対抗した。

手始めに、ツァーリの軍隊のもとで将校だったものはチェーカーに出頭すべしと命が下った。この命に最初に服した何人かは――無害な人たちで、ほとんどは新しい時代と折り合った大人しいブルジョワだったにもかかわらず――銃殺された。より慎重だったものは時間をかせぎ、なかなか出頭しなかったため、何週間かのあいだチェーカーの建物に収容されただけで放免された。

最初の数日間に出頭したもののなかに、セルゲイ・セルゲイェヴィッチ・ヴォローシンという四十くらいの男がいた。このヴォローシンは戦時中キエフ軍事司令部で暗号解読局長だった。軍隊の壊滅後はフランス語を教えるかたわら、自分で巻いた煙草を売って生計を立てていた。いま彼がいるチェーカーの地下室には、運命をともにする四、五人の仲間がいた。そのうち二人は戦争の経験を語り合い、一人は絶えず歯痛を訴え、一人はヨーロッパ列強の政治を論じたがった。そして誰もが死ぬ日を待っていた。

まさにその日、暗号化された急送電信がモスクワで傍受された。チェーカーの暗号係が解読を試みたが失敗に終わり、電信はなすすべもなくジェルジンスキーの机に置かれた。たいそう重要な情報なのは間違いない。破壊活動の指示かもしれないし、暗殺指令か武装蜂起の試みのおそれもあった。ヨーロッパ主要都市の亡命者はソヴィエト体制を転覆させようと絶えず活動しており、レーニン負傷の情報によって、その意気はますます高まっていた。

電信は解読されねばならない。だがジェルジンスキーのもとには旧ツァーリ時代の暗号鍵がなかった。そこで助手であるラトヴィア生まれの同志アウクスカスを呼んだ。

「聞いてくれ、同志。ここに暗号電信がある。おそらくはどこかの秘密反革命分子あてに、ワルシャワで打たれたものだ。われわれの同志にツァーリ時代の暗号鍵を知っているものはいないか」

「いいえ、そんな専門家はいません」アウクスカスは答えた。「ヴォイティンスキー爺さんなら、もう使いものになりません、『シュナップスをくれ』とうわごとを言うばかりで、他には何もできません。——いや、待ってください、ヴォローシンがいます。あなたも名前はご存じでしょう。今朝こちらに出頭しました。まさに専門家で、われわれが〈プラウダ〉を読むように暗号を読みます」

「ヴォローシン、ああ、その名なら知っている。そいつを探してこい！　それから身上書もこちらによこせ」

身上書にはこう書いてあった。セルゲイ・セルゲイェヴィッチ・ヴォローシン、四十二歳、サラトフ区出身、もと大佐。反革命思想の疑いあり、不正に死刑を逃れた戦友二名を自宅に匿(かくま)ったことを認め……。

気がつくとその男が来ていた。瘦せおとろえ頰は窪み、目も爛(ただ)れているが、口もとには精気があふれ、意志が強く頑なことを示している。ジェルジンスキーはその顔をちらと見やり、この男が一筋縄ではいかぬことを知った。同志アウクスカスが机に寄り、身上書を取り上げた。

「来たか」ジェルジンスキーが言った。「座りたまえ。ここに椅子がある、もしそのほうがよければ、あそこにソファもある。お前がヴォローシンだな。名は知っている。ここに身上書もあるが、まずいことが書いてある。白軍の将校を二人匿ったそうだな。法に反していることは知っていたのか」

「知っていました」

「ならばこれからどうなるかわかるな。それはそうと、いま来てもらったのは、お前に会いたかったからだ。わたしという男は、芸術家や学者、あらゆる分野の専門家、何か特技を持つものに興味がある。だからお前にも会った。アウクスカス、書類を取ってくれ」

そこですこし間を置いたあと、ジェルジンスキーはいきなりヴォローシンのほうを向いた。

「なぜお前はわれわれのために働こうとしない」

ヴォローシンはすばやく首を振った。それが答えだった。

「ブリュシロフはわれわれの同志だ」ジェルジンスキーは続けた。「ルスキ将軍もそうだし、グルコ将軍も……」

「誰があなたの同志であろうと、あなたのもとで働くつもりはありません」

「わからん。同志のなかには、もとモスクワの司令官もいる。トヴェリ騎兵学校の校長もいる。将校だって何人もいる」

ヴォローシンは肩をすくめ、何も答えなかった。だが口もとの表情は決意を固めたように、ますます険しくなった。

「ではっきりさせてやる。ブジェニーの言葉をお前に教えてやるほうがいいかもしれない」ジェルジンスキーはさらに続けた。「ブジェニーを知っているかね。あれはもと騎兵曹長だった。いまはわれわれのもとで師団長だ。三週間前、南のほうでブジェニーはもと上官だった連隊長を捕虜にした。大佐なにがし……名は思い出せない。この男がブジェニーの前に出頭し、第十五龍騎兵連隊連隊長何々大佐と名乗った。——『なんですって』ブジェニーが叫んだ。『あなたは誰なのです。第十五龍騎兵連隊連隊長というのですか。その連隊長なら知っています。今ここに、わたしのもとにいます。——わたしのもとに第十五龍騎兵連隊はあります。そしてあなたは——あなたはどこから来たのです。敵方ですか。あちらはロシアではありません』」

ジェルジンスキーは少しの間沈黙した。

「『あちらはロシアではない』」そしてもう一度言った。「こちらが、われわれの側がロシアだ。われわれ——われわれこそが、ロシアの地を護る者だ。よく考えてもう一度返事したまえ。われわれのもとで働くかね」

「いいえ」ヴォローシンは言った。

「それならば穴に落ちるがいい。頭も足もすっぽり埋まるがいい」ジェルジンスキーが声をはりあげた。「一万頭の騾馬（らば）もお前を引き上げられはしまい」

「いっそ銃殺してください」ヴォローシンは言った。

ジェルジンスキーは机にかがみこんだ。

「よかろう。話は済んだ。もう行っていい」

ヴォローシンは身を起こし、アウクスカスの後をついていった。だが戸口で立ち止まり、もう一度振り返った。

「わたしには妻と子がいます。別れの挨拶をさせてもらえませんか」

ジェルジンスキーは目を上げた。

「センチメンタルな男だな。暇乞い（いとまご）などしないほうがよかろう。後から知らせを受けるほうがいい。だが好きにしろ。女房と幼児をここに来させてもかまわないぞ」

「来させられはしません。ドン河沿岸のロストフにいるのですから。あそこは白軍の領地です」

「それなら暇乞いはやめだ。そんなことはできない。お前一人のために、今日にでもロストフを是が非でも奪取せよと司令官が命ぜられるものか」

ヴォローシンは身動きひとつしなかった。そして一瞬ためらったあと、こう言った。

「ロストフまで行かせてください。また戻り、ここに出頭します」

ジェルジンスキーは煙草を一服吸い、煙を吐き、それからヴォローシンを睨んだ。

「ロストフまで行きたいというのか。よし、許してやる。旅には幾日かかる」

「同志、この男をロストフに行かせてはなりません」アウクスカスが叫んだ。手にはまだ身上書を持っている。「帰ってくるはずはありません。白軍のもとにとどまり、向こうにつくに違いありません」

「同志よ、わたしは君よりロシアの将校というものを知っている」ジェルジンスキーが言った。「この男を見てみろ。この顔を見てみろ。心配せずともきっと戻ってくる」

そしてヴォローシンのほうを向いてたずねた。

「それで、旅行には何日必要だ」

「行きに二日、帰りに二日。そして一日は滞在させてください。一時間でもかまいません」

「五日だな。旅券を出してやる。クルスクまでは無料で行ける。わが軍の列車でそこまでは行けるが、それから先は無理だ。どう前線を越えるかは、お前の問題だ。五日後に出頭しろ」

ヴォローシンは手を差し出す身振りをしたが、ジェルジンスキーは机にかがみこみ、もうヴォローシンを見ていなかった。

部屋を出ると旅券が手渡された。アウクスカスは言った。

「五日後にまた出頭しろ。俺がいなければ同志ストレシュニコフのところに行け――俺ならこんな許可はけして出さない」

そしてヴォローシンは放免された。

この男、もと大佐のヴォローシンは死を望んでいた。生はもはや重荷となった。来る日も来る日も同じ苦痛が胸に居座り、夜も眠れない。自分にも他人にも厳しい男だったが、あの女を思うときだけは、自信のない気弱な男になった。その知らせを聞いてから十か月、もうほとんど一年にもなる。だが何も変化はない。あいかわらずあの女が頭から離れず、苦しい圧迫を胸に感じ、ふりはらうことができない。

妻は十八歳年下で、イリーナ・ペトローヴナといった。快活で若々しく、悩みを知らない女だった。緑の草地を歩むように人生を歩み、いつも笑いを絶やさなかった。いちど病気になって、熱を出し苦しんでいたとき、なにかのメロディーにのせて、うわ言で歌を歌っていた。「何をするの、何をするの、いったいどうするの」そのイリーナが「セリョーシャ、あなたがいてくれてうれしい。あなたがいなければ、いったいどうなっていたでしょう」と言ってくれたのは、いつのことだったか。だがいまは、材木商のレベデフと暮らしている――何をするの、何をするの、いったいどうするの。

何もしやしない！　口をつぐみ、起きたことは誰にも話さない。ひとりで何とかするしかない。

だが無理だ。あまりに難しすぎる。考えただけでも息が詰まる。

ロストフの煙草公社に勤めるある職員が、何日かモスクワに滞在したことがあった。その男から噂を聞かされた。はじめは信じられなかった。だがよく考えてみると――こちらは十八も年上で、そのレベデフとやらは若い。これがすべてを説明する。手紙は四度書いた。コンスタンチノープルやブカレスト経由で送った。非難めいたことは何も書かず、悲しみだけを訴えた。返事は一度もこなかった。夫がモスクワで健在なことを思い出したくなかったのだろう。かつてはこう言ってくれたこともあるのに。「セリョーシャ、あなたが必要なの。あなたがいなければ、いったいどうなっていたでしょう」あの言葉。あれはあの一日だけにあてはまるものだったのか。いまはレベデフに向かって言っているかもしれない。「あなたが必要なの、あなたがいてくれてうれしい」

いちどロストフの汽船会社の船長に会ったことがある。はじめはどうでもいい会話をしたが、ついでに他人のことを聞くようなふうを装って、イリーナのことを聞いてみた。自分の妻だったことは船長には黙っていた。――「いまじゃ材木商のレベデフと暮らしていると聞いてます――ええ、材木商のレベデフです。その女性と会ったことはありませんが、たしかそんな噂でした」

街角に立って煙草を売っていると――若い女が一人、車道を横切ってこちらにやってくる――赤っぽいブロンドの髪、褐色の目、細面（ほそおもて）、手に揺れる小さなハンドバッグ――すらりとした足が、独自の意志を持つもののように、自信に満ちて進んでくる――目の前が暗くなり息がつまった。立っておられず、壁によりかかった。

「この煙草おいくらかしら」

聞きなれぬ声、見知らぬ顔だった。イリーナがモスクワにいるはずはない。いまはロストフに住んでいて、夜な夜なレベデフが訪れるのだ――「いとしい人、あなたがいなければ、いったいどうなっていたでしょう」

荒んだ灰色の日々は終わる気配もない。明日はひょっとすると手紙が来るかもしれない。まだ十四時間ある。一分間の過ぎるのはなんと遅いことだ。そして夜がやってくる。アルコールや睡眠薬の助けを借りて眠ることもあるが、きまってほんの数時間だ。目が覚めるとまだ暗い。時計は持っていない。寝床の中で煙草を一本また一本と灰にする。料理屋の庭に小さな黒いぼさぼさした毛の犬が迷い込み、イリーナのところに来たこともあった。彼女は犬を腕にかかえた。動物ならなんでも好きだった――「あら、かわいい悪魔のわんちゃん。お茶目でかわいい瘦せっぽち、こわい顔したいたずら坊主、言ってごらん、あたしが好きなの？　好きになってくれなきゃだめよ。聞いてるの？　お砂糖はほしい？　ほしくないの？　でもほら、食べてごらんなさい」

頭から追っ払え、声も忘れてしまえ！　横になったまま煙の輪を吐く。一時間、また一時間。外から街のざわめきが聞こえる、もう八時ころだろう。手紙は来ない。かくてまたもや荒んだ一日がはじまる。

ロストフまで行こうとは何度も考えた。イリーナの前に姿を見せて――だが咎めはすまい――「ひとつだけ教えてくれ、お前は幸せなのかい、あの男をほんとうに愛しているのかい。それからもう一つだけ教えてくれ、そうしたら引き下がろう。どうしてこうなったんだ。どうか教えてくれないか」

旅行の金はなかなか貯まらなかった。三週間のあいだ空腹に耐え、要るものも買わず節約をした。それでも旅費の半額にも満たなかった。どうすればいいだろう。残りは神に頼ろう。

しかしあのときは、クルスク駅に立っているうちに自尊心が頭をもたげてきた。旅行の必要などあるのか。イリーナの前に立ち、「どうしてこうなった」とたずねても――あれは何と言うだろう。笑うだけかもしれないし、歌うような節をつけて、こう答えるだけかもしれない。「自分でもわからない、わからない、でもこうなってしまったの」

だが今は話が違う。すでに死んだ男として、別れの挨拶をしに行くのだから。――「イリーナ、わたしだよ。本物のわたしだ。恐がらなくてもいい。君を悩ませたりはしない。すぐにモスクワに帰る。わたしはリストに載っていて、銃弾が待ってるんだ。子供を一目見せておくれ。可愛そうな小さかったニーナは、成長して、さぞきれいになったことだろう。幸せになっていることだろう。それじゃイリーナ、元気でな！」

元気でな。なんと気持ちを楽にする文句だ。心が軽くなる……元気でな……旅を終えればチェーカーへ戻る……奴らのもとに出頭しなくては。同志よ、わたしはセルゲイ・セルゲイイェヴィッチ・ヴォローシンです。リストに名が載ってます。それから地下室。

それから死。筋肉がこわばった。ふたたび兵士になった。将校になった……元気でな！

……声に出して言ってみた……元気でな！

汽車はのろのろと進んだ。どんな小駅にもいちいち止まった。セルプホフで田舎医者がコンパートメントに入ってきた。そして自分と他人の時間をつぶそうと話をはじめた。「カリーニンっているじゃないですか、中央執行委員長で、髭の長い、根っからの農民です。聖者さまじゃなくマルクスさまの前で十字を切って、農民との話し方も心得たものです。この地方に住んでるんですよ。いちど村にやってきたことがあります。モスクワでひとかどの男になったことを、代父に見せたかったんですな。それに先立って背広をイギリスの生地（きじ）であつらえましたが、ズボンに裏地もつけさせました。擦り切れたりしたら恥だと考えたんでしょう。心はまだまだ農民だったというわけです。――『ようこそ、カリーニッチの親爺』農民たちは言いました。『ちゃんと来てくれたんですね』――カリーニンというのがほんとうの名ですが、農民たちは親しみをこめてカリーニッチと呼んでました。――『すばらしい上着をきてるじゃありませんか。顧問官みたいに似合ってますよ』――『代父さん、この上着がいくらすると思いますか』――『穀物三シェッフェル分ですって、戦争前でも三十ルーブルはするでしょう。今じゃ優に百ルーブルしますよ』農民たちはつっ立って、口をぽかんとあけましたよ。百ルーブルだって！

『ロシアの村がすべて一コペイカずつ払えば、この上着だって買えるのですよ、たとえ二千ルーブルしたとしても』」

ヴォローシンはうわの空で聞いていた。心はよそにあった。子供にお土産を買うのを忘れた——小さな人形か、せめてクッキーでも持ってくればよかったのに、手ぶらで来てしまった。どうしよう。どうしたらいいだろう。カルコフに着いたらなにか探そう。木の熊はどうだろう。金敷（かなしき）の上で、ハンマーで打ち出したものだ。紐をつけて引いたら、ニーナは喜ぶだろう。

列車がいきなり止まった。旅客たちは窓を開けて外を見た。

「どうした。なぜ動かない」

運転士が機関車のかたわらに立ち、両手を揉みあわせ、誰にともなく、歌うように言った。

「すばらしいお天気じゃないですか、お日様も輝いてます。森を散歩しちゃいかがです」

乗客は列車を降りて、運転士に詰め寄り、口々に言った。

「なんだって?——気でも狂ったか——春までここにいろというのか——イェレッツに行かなきゃならないのに——俺はオレルだ——俺はクラコヴォだ」

「皆さん」運転士が言った。「あなたがたは暖房のきいたコンパートメントに座って、いい気分でお茶を飲んでいる。でもわたしはどうです。どこにいるとお思いですか。汽車を動かしたかったら、油を差さなきゃね」

　乗客たちは献金をおこない、三十一ルーブルが集まった。運転士は金を受け取り、火夫と二人の車掌とともに木を拾いに森の中に入っていった。乗客の何人かもついていった。女たちは土手に腰かけ、雲が白く流れていくのを眺めながら、ひまわりの種を齧（かじ）った。子供たちは草地を駆け回ってはしゃいでいた。

　三十分後、汽車はふたたび動き出した。

　戦闘地帯を通過するとき、ヴォローシンは農民の扮装（なり）をした。赤軍にとっても白軍にとっても、前線はつねに移動している。軍隊が駐屯している村は迂回して避けた。いちどは湿原で赤軍の榴散弾も浴びた。クプヤンスクの駅は分岐点で、ドネツ盆地を経由してタガンログやロストフへ行く白軍列車が出発するところだ。ここでもとの連隊仲間が二歩隔てたところにいた。向こうはこちらに目を向けたが、気づかれなかった。

　三日目の朝になって、ようやくロストフに着いた。

　その二階建ての小さな家は町外れにあった。遠くに森と河が見えた。街道のアカシアの樹に身を隠して、注意力を集中させて窓と閉まった戸を観察した。一階は、階段の右が台所、左が食堂と居間だ。二階の、庭に面した格子窓の後ろにニーナが寝ている。朝の七時だった。何も動くものはなかった。レベデフが出て行くまで待たねばならない。そのあとで戸を叩こう。

農婦が現われ、ミルクを持ってきましたと呼びかけた。少しして野菜売りの男も来た。男が去ったあと、しばらくあたりは静まりかえり、果樹園から鳥のさえずりが聞こえるばかりだった。やがて扉が開いたものの――出てきたのは男ではなかった。老いた女中で、買い物籠をさげて街道を下っていった。その無関心な視線が、アカシアの幹にもたれてパイプに火をつけるヴォローシンをかすめていった。老女は町のほうに消えた。時は過ぎ、八時半になろうとしている。レベデフはいっこうに姿を見せない。たぶんベッドに寝たまま、お茶を待っているのだろう。――「おはよう、ぼくの魂、よく眠れたかい、小鳩ちゃん」――町のどこかに奴の事務所があって、電話と安楽椅子が置いてある。机の上には手紙が置かれ、ドアの外で訪問客が待っている。電話は絶え間なく鳴り続け――「いえ、レベデフはまだ出社していません、いつ来るかはわかりかねます。一時間後にまた電話していただければあるいは――」

「ワーニャ！　ワーニャ！　どこへ行ったの。呼んだのになぜ来ないの。はやく来て。どこに隠れてるの」

イリーナの声だった。庭から聞こえてきた。ヴォローシンは一飛びで芝生に降り立つと、砂利道は避け、灌木の間をぬって声のするほうに走った。

「ワーニャ！　ワーニャ！　はやく来て。どうして隠れてるの」

誰に話してるのだろう。レベデフの名はイワンではない。アレテイとかいったはずだ。召使かもしれない。それとも運転手か。ああいう男は足を使わず、どこでも車で行くから――

「ワーニャ！　ほんとに遠くに行っちゃったのね。あたしが怒ってると思ってるのかしら。そんなことないのよ、そんなことないのよ――」

その歌うような声はすぐ近くから聞こえた。ほんの二歩ほどを隔てて、二人は向かいあった。

イリーナ・ペトローヴナは、農民の姿をした男が庭にいるので、びっくりしてあとずさった。それからゆっくりと近寄っていった。

「あなたどなた？　何しに来たの？」

顔は真っ青だった――それを見て、こんなときにもはっきりと落ち着いて考えられるのを不思議に思った。セリョーシャだよ、と言いたかった。あなたなしでは生きていけないわ、と君が言ってくれたセリョーシャだよと。だがうまくいかなかった。声が喉から出て来ない。

「鶏を持ってきた人なら、台所に回ってちょうだい。ここには何もないわ。なんにも」

イリーナはそう言って、一歩詰め寄った。

「もうわたしがわからないのだね」ヴォローシンは小さな声でそう言ってみた。

イリーナはまじまじと顔をみると、腕を掲げた。

「セリョーシャ！」

「そうだ、セリョーシャさ、本物のセリョーシャだよ」彼はそうつぶやいた。

「セリョーシャ！　やっと帰ってきたのね！　なんだってお庭になんかに――いつ着いたの。でもわかってた。いらっしゃい、どうしてつっ立っているの」

奇跡が起きた。イリーナが首っ玉にかじりついてキスをしてくれた。

「セリョーシャ」そう言ってから息を継いで、「――いきなり――でも知ってたの、ほんとうに、知ってたの。きのう包丁で指を切ったの、うちの婆やが、女中が。一時間も泣いてたわ――あなたったら、なんて格好してるの、ほんとうのお百姓さんみたい――ともかくさんざん泣いたり嘆いたりしたあげくに婆やが言ったの。これは思いもかけないうれしいことがある徴(しるし)ですよ。三日前にも夢を見たし――でも痩せたのね、かわいそうに。頰がこけてるし、顔のかたちもまるっきり変わってしまってるわ。お食事なさったら――何か言いなさいよ、キスをさせて――モスクワにはミルクもバターも卵もないんですってね。ここならどんなお店にもあるわ。でもあなた贅沢な暮らしを蔑(さげす)んでたわね。ちょっと快適になっただけで、もうたくさんだ、って――モスクワにいたんでしょ。知ってるわ。コロリョフのお爺さんがあなたをシュミーデ橋のところで見かけたって。知六週間前くらいかしら――あなたが速足だったんで、追いつけなかったんですって。

ってるでしょ、あの人は足が悪いってこと、というのも——でも生きてて下さるだけで、笑い出したくなるわ」

「ああ、生きているとも。でも生きてないのかもしれない」そうヴォローシンは言い、目を閉じた。「手紙を書いたのに、どうしてぜんぜん返事をくれなかったんだい」

「あなたの手紙ですって。そんなの一通だって受け取ってない。この一年、ただの一行も。そもそもどこに手紙を出せばいいか、それさえ知らなかったのですもの——。どうしてそんな目で見るの。悲しくなるじゃない」

イリーナは二本の指で自分の頰を叩いた。

「あら、わたしったら、なんてこと言うのかしら。イリーナ、恥ずかしいと思わないの。すぐにあやまりなさい」イリーナはそう自分に言った。「どうして悲しいなんて思うでしょう、セリョーシャ、ここにいてくれるのですもの。悪く取らないで。疲れてるんじゃないこと——長い旅、一週間くらいかしら——寝たほうがよくはなくて、かわいそうな人。ああ、やっと笑ってくれた。喜んで、愉快な顔をしてくれた。——ずっと淋しく暮らしてたのよ。でも、あなたのほうがつらかったにきまってる。だってわたしは子供がいっしょだし、いまもここにいるから。それから栗鼠(りす)が一匹、とてもよく馴れてるのがいるのよ。ワーニャっていって、名前を呼ぶと来てくれるの。でもずっと淋しかったわ」

「でもレベデフはどうした」ヴォローシンの声はこわばっていた。

「あら知ってたの？　あの人なら毎日来て、お茶を飲んで蜂蜜ケーキを食べて、おかしな声で言うの。『イリーナ・ペトローヴナ、僕はあなたを愛してる、いままで他の女を好きになったことはない。あなたが僕のものになってくれなければ、ピストルでわが身を撃つか、飲んだくれてアルコール中毒になってしまう。そうなりゃ僕もおしまいだ』それなのにリーザが来たら、代わりに惚れてしまったの。おかげで自殺もせず大酒のみにもならず、秋に結婚したわ」

「何だって」ヴォローシンは大声をあげた。「わけがわからない。誰が結婚したんだ。誰のことを言ってるんだ」

「レベデフがあたしの妹のリーザと結婚したの。あなたもご存じだと思ってたけど」

「なんだか疲れてきた。頭もくらくらする。座って考えをまとめさせてくれ」

「あたしったら、立ったままでお喋(しゃべ)りしてしまって！　疲れてるのもあたりまえだわ。来て！　もうあの子も起きたころよ」

　十二時間は夢のように過ぎた。晩にはヴォローシンはイリーナといっしょに駅にいた。これからどうなるのか、イリーナには打ち明けていなかった。すべて自分の胸に畳んでおいた。急ぎの用があって、一刻の時間も無駄にできず、モスクワにすぐ帰らなければならないとだけ言った。そして二か月後には戻ると約束した。イリーナは疑う様子もなかった。

　ただ、わざとらしいはしゃぎぶりから、何か重大なことを隠しているのをイリーナは見逃さなかった。だが何も言わず、ヴォローシンの手を握って言った。

「二か月のあいだ会えないのね。セリョーシャ、二か月ものあいだ。それなのにあなたったら冗談ばかり言ってる。それでいいと思ってるの。あら、急に悲しそうな顔になったじゃない。嘆いたり悲しんだりしないの？　そう、その調子。少し泣いたら？」

　五日目の晩、ヴォローシンはモスクワに到着した。チェーカーに同志アウクスカスがいなかったので、ストレシュニコフのもとに出頭した。

「わたしは大佐ヴォローシンです。一度逮捕されましたが、ある期限のあいだに個人的用件を片付ける許可をチェーカーの議長からいただきました。ふたたび戻ってきました。出頭したと議長にお伝え願います」

　ストレシュニコフは何か紙切れに書きなぐり、ぞんざいに他の書類のあいだにつっこんだ。

「どうかお伝えを忘れぬよう願います」ヴォローシンは言った。「これは重要な件なのです」

「心配せんでもいい」気を悪くしたようにストレシュニコフがさえぎった。「どのみち処理されるはずだ。呼ばれるまで待っておれ」

それからヴォローシンは一室に案内された。そこにはあらゆる種類の犯罪者がひとかたまりになって座っていた。掏摸(すり)、売春婦のひも、押し入り強盗、物資配給券の偽造者、ガソリンに酔って通行人を脅かした運転手――。

二日後にアウクスカスがジェルジンスキーの執務室にやってきた。その視線が書類の山の下敷きになってはみ出ている暗号電信に落ちた。

「どうやらわたしのほうが優れた心理学者だったようですな、議長。あのヴォローシンはやはり帰って来ていません。わたしのところに顔を見せませんから」アウクスカスは笑い出した。

そして下手なロシア語で付け加えた。

「きっとまだロストフにおるのでしょう。あそこの空気と水は健康にいいですからな」

ジェルジンスキーは目を上げた。

「今日で――何日になる。七日か。あの男は帰ってきている。お前のところに出頭したが、お前が忘れたのだ」

アウクスカスは少し考えて言った。

「もしかしたらストレシュニコフのところに行ったのかもしれません。どのみちわたしのところには来ておりません。ストレシュニコフは昨日から所用でトゥーラに行ってます。もしかしたら——」

「あの男は戻っている」ジェルジンスキーは大声を出した。「戻っているはずだ。部下のことならわたしがよく知っている。もちろん途中で銃弾に倒れたのかもしれない、われわれのか、それとも白軍の弾に。だが生きているなら、ここにいるはずだ。調べてみろ！」

ヴォローシンは見つかった。運転手と二人の掏摸を相手にデュラク、つまり一種のばば抜きをやっていた。

二分後、ヴォローシンはジェルジンスキーの前にいた。

「遅れたな」机から目を上げずに、全露チェーカーの議長は訊ねた。

「いいえ、遅れてはおりません」ヴォローシンは答えた。「それどころか約束の時間より前に来ました」

「いつからここにいる」

「木曜の夜からです」

「誰のもとに出頭した」

「同志ストレシュニコフのところです。重大な用件であるとも伝えま——」

「よかろう。ストレシュニコフとは後で話す。妻子に別れの挨拶はしてきたのか」

「してきました」

ジェルジンスキーはヴォローシンにちらと目をやり、そして訊ねた。

「それで？　他に言うことはないか」

「他に言うことはありません」小さな声でヴォローシンは答えた。

「するとお前は意志を変えるつもりはなく、何がなんでもわれわれとは働きたくないというわけだな」

「いえ、そのつもりはあります。でも今は、議長のほうでそれを望まないのではないでしょうか」

ジェルジンスキーは半ば開いたまぶたから、ヴォローシンの顔を、まるまる一分間も、探るような目で見つめた。

「そのとおりだ。お前を使うわけにはいかない。お前は白軍と接触した。そしてそこで、われわれの仕事を妨害する方法を教わったのだろう。あるいはもっとひどいことを」

そこで言葉を切り、相手が反論し、疑惑を退けようとするのを待った。だがヴォローシンは何も言わなかった。

「お前の妻と幼児は元気だったか」

「おかげさまで元気でした」ヴォローシンはそう答え、ふたたび口をつぐんだ。

ジェルジンスキーは吸殻を投げ捨てた。

「なんのかの言っても、わたしにはお前を試したい気持ちはある。前にも言ったが、何かの特技を持つ人間は気になる——わたしの弱みだ。お前をここで働かせることに、わたしが責任を負えるかどうか、これから見てやろう。——ここに暗号電報がある。この解読にどのくらいかかる」

このときやっと、ヴォローシンは助かったことをはっきり理解した。電報さえ解読すればいいのだ！　そうすれば死なずにすみ、イリーナとニーナのもとに帰れる。二か月後どころかすぐにでも。二人をモスクワに呼んでもいい。喜びがこみあげてきたが、強いて平静を装った。自分がどれだけ生きたがっているか気づかれてはまずい。

「どのくらいですって。それは一概にはいえません。暗号鍵が一つだけなのか、それとも複合鍵を用いているのか。暗号鍵は二十ほどありますが、どれが使われているかは、一つずつ確かめていかなければわかりません。それから暗号文が五行しかないので、解読は少し難しくなります。しかし今までの経験では四時間以上かかったことはありません」

「四時間か。少し遅すぎる」ジェルジンスキーは言った。「だが、四時間やろう。いまは二時、もし六時までに電報を解読できたなら、われわれのもとで使ってやる。失敗したらどうなるかは——わかっているな。そのときはしかるべき規定が適用されよう。いいか、チャンスは一度きりだ。部屋を用意してやる。煙草は吸うか？」

解読用に与えられた部屋は、ガラス戸を通して、両隣の部屋とつながっていた。紙とタイプライターが長机の上に置いてあった。壁に掛かった絵にはパリ・コミューン時代のバリケード戦が描かれていた――赤い旗、硝煙、突撃する歩兵隊、前景には弾にあたって地に伏した若い労働者――。床には、「G・K・ニロード 訪問者は十時から十二時のあいだに来られたし」と書かれた厚紙製の表札が、無造作に放り出されていた。隅の小さな机にはアンピール様式の美しい古時計――近所から徴発してきたものか、あるいはこのチェーカーの建物が生命保険会社だったときの名残かもしれない――。

煙草を一服吸ってから、仕事にとりかかった。この暗号鍵は単独のもので、多数の鍵の複合ではないという、確かな感触はあった。一見無意味な文字の連なりがそう語っている。この手のことでまちがったことはない。手始めに、比較的よく使われる暗号鍵「ドン河の大いなる軍隊」から試してみた。――「直感に頼るのも悪くはない、だが組織的な作業が常に最上のものだ」かつて教えを受けた老大将シャルヴェンコはいつもそう言っていた。シャルヴェンコ大将はいまどうしているのだろう。パリにいて、この暗号を作ったのかもしれない、自分の生徒が解こうとは夢にも思わずに――。時間はたっぷりある。まだ二十分しかたってない、だが暗号鍵はもう二つ片付いた。それも完全に。「ドン河の大いなる軍隊」と「大天使ミカエル」。美しい古い時計。「大天使ミカエル」――いや、これはもう済んだ。「救世主キリストの教会」――ジェルジンスキーは平凡な銀時計を机に置いていた。「お前の妻と幼児は元気だったか」——あの男は決まって「幼児」と言うが、ニーナがまだ五歳なことをなぜ知ってるのだろう。俺には直感の才もあるが、一番いいのはやはり——だめだ、この鍵では解けない。「石造りの白いモスクワ」でやってみよう。それともやはり複合鍵なのか——。これも違った！　たいてい三つか四つ試すだけでいいんだが。試せ。運が——もちろん運がついてまわる。心理学が助けになることもある。発信者と受信者がわかっているならば、どんな暗号鍵を示し合わせたのか推測できる。だが肝心なのは集中力、筋道立った明晰な思考だ。ここ何日かろくに寝ていない。休憩だ。一分だけ休憩しよう。時間はまだたっぷりある。

いつだったかな、俺がシュミーデ橋の上にいたのは。あそこで何をやったのだっけ。コロリョフはほんとうに俺を見たのか。シュミーデ橋には一度も行ったことはない。もしかしたら、イリーナを安心させるための出まかせかもしれない。——だが奴は足が悪かった。それは間違いない。いつかの冬、部下といっしょに木材を曳いていたとき、つるつるの氷の上で——。

よりによってこんなときに、なぜコロリョフのことばかり考える。俺はシュミーデ橋にはいなかった。コロリョフはイリーナを喜ばせたかっただけだ。——それで決まり！

さて仕事だ——。

三時四十五分。すでに十一の異なる暗号鍵を試し、いま十二番目に取りかかるところだ。ガラス戸の向こうに何人か人がいる。あいつらも、この建物の誰もかれも、この部屋で男がひとり、命のために必死に戦っているのを知っている。鵞ペンが紙を走り、紙が丸められて部屋の隅に飛ぶのを面白そうに見物している。——顔をガラス戸に押し付けて鼻がぺしゃんこだ。なかの一人は中国人みたいに見える。

四時十五分。持ち時間は半分を切った。——どうして時計がここに置いてある。悪魔の責め苦だ。いやおうなく時計を見てしまう。俺の神経をおかしくさせようというのか。その手に乗ってたまるか。落ち着け、落ち着け、冷静になれ。

別の鍵「クリミア人ポテムキン侯爵」。だめだ、これも違う。このポテムキンはいつも大嘘つきだった。役立たずな奴め。——「海のように限りないバイカル湖」——これでもう十四個目だ。俺は十四日生まれだ、おそらく。——まだ中国人がいる。ガラス越しにじっと見ている。チェーカーの処刑係に中国人が一人いるそうだ。金のためではなく趣味でやっているという。犠牲者の服しか報酬にもらわないらしい。——俺を待っているのか。一重まぶたの悪魔め、貴様に上着はやらん。死んでたまるか。まだ時間はある。——だが中国の処刑人じゃないのかもしれない。むしろカルムック人みたいに見える。

働け！　一分たりとも無駄にするな。「ひとつの人民、ひとつの帝国、ひとつの神」

――だがこれはロシアのじゃない、ドイツ陸軍の暗号鍵だ。キエフじゃこれを見つけたために、大佐に昇進した。その肩章も没収された。過ぎたことだ。思い出すまでもない。新しい鍵を試そう。強力な奴を――「ロシア正教の偉大な神」――だがこの神はどこにいる。どこに行けばいい。もしかすると十時から十二時までのあいだしか謁見できないのか――。

くだらんことを考えるな！　いや、俺が考えたんじゃない、別の奴の考えだ。悪魔だ、体が黒く尻尾を巻いた悪魔が、この机の下にいて、俺の頭に邪念を吹き込む。奴らが悪魔を机の下に潜ませ、俺を破滅させようとしている。思い通りになるものか。俺は生きる。俺は戦う。イリーナには俺が必要だ。もう一度言ってくれた。「セリョーシャ、あなたはほんとうによくしてくれたわ。あなたがいなかったら、どうなっていたでしょう」――俺が銃殺されたら、イリーナはどうするだろう。泣くだろうか。悲しむだろうか。――「もしかして、わたしが気を悪くしてると思ってるの。そんなことないわ、そんなことないのよ――」

妄想だ！　イリーナは俺を愛している。俺だけを。他の誰をも愛していない。やらなくては。イリーナのために。俺の頭に何者かが爪をしっかり食い込ませ、思考の邪魔をする。あと二分で五時半。この二分間――目を閉じて、考えをまとめよう――二分間だけ――。

まぶたが閉じた。たちまち悪夢がやってきた。手に電報を持ち命がけで走る自分が見えた。後から死が追いかけてくる。死は老いぼれ馬に乗って鞭を唸らせ、まるでコサック兵のようだ――「走れ、どんどん走れ、すぐに捕まえてやる」――「いやだ！　捕まってたまるか。言いなりにはならん。戦ってやる」――。

はっと目が覚めた。五時三十五分。そうだ、言いなりにはならんぞ。戦わねば。だがペンを持つ手が震え、字が書けない。――鍵は全部試したか。残っているものはないか。――「カザンの生神女(しょうしんじょ)」――「支配せよ、ツァーリ、敵どもの脅威」――「三位一体の門」――「キエフ、あらゆる町の母」――あと何があるだろう。はじめからもう一度やってみるか。時間があればの話だが。

あそこの中国人――唇がまくれあがり、白目を剝いて――「来い！　服を脱げ。上着が傷んじゃ困る。三十ルーブルはするか。百ルーブルしようと千ルーブルだろうと、――俺のものだ。たとえ二千ルーブルでも――俺は偉大なソヴィエト・ロシアの処刑者じゃないか、そうじゃないのか！　上着を持ってこい！　そして背を向けて壁際に立て。お前の命もこれまでだ」――「嘘をつくな。まだ時間はある。俺の命は――」

ヴォローシンは呻(うめ)いた。冷たい汗が額を伝った――六時まであと十分。

手遅れだ。あと十分で何ができる。もうおしまいだ。撃たれる。――いや、死ねはしない。生きなければ！

目が壁の絵をとらえた。銃弾を受け倒れる男。胸に手を押し当てて。

いやだ！　そんなことがあってたまるか！　ヴォローシンは飛びあがり、腕を振りあげて叫んだ。ロシア正教の偉大な神に。あまりに大声だったので、閉めた扉越しに隣の部屋にも聞こえた。

「ゴスポディ・ポミルイ！」

そのとき奇妙なことが起きた。ヴォローシンは立ったまま、手を額にやり深く息を吸った。

「ゴスポディ・ポミルイ！——主よ、われを憐れみたまえ！」——これは——これはツァーリ時代の暗号鍵の一つだ。いままで思いつきもしなかった。ゴスポディ・ポミルイ——総身が震えた。死を恐れてではない。このときわかった——他のものではありえない。これが正しい鍵だ。一点の疑いもない。ずっと探していたものを、神が恵んでくれた——。

そのあとは多く語るまでもあるまい。ヴォローシンは机に向かい、鵞ペンを握る手はもはや震えていなかった。文字の列は形を変じ、音節が、そして単語が目の前に現われる。——「橋」——「鉄道の橋」、だがすでに、鵞ペンを手に取る前から、救われたことはわかっていた。

二分後、声をあげ、やってきた職員に向かって言った。

「同志ジェルジンスキーのところに連れていってくれ」

ジェルジンスキーはその何年かのち、心臓発作で世を去った。最晩年にはほんとうに輸送組織の改正に携わっていた。

ヴォローシンはまだ生きている。モスクワのどこかの人民委員会で働いている。だがその名はとうに忘れられた。人民委員もその補佐も、外交官も、外国新聞の特派員も、出入りする者ばかりか職員も、お茶くみの女性も、掃除婦も、はては住居の門番にいたるまで――誰もが彼を見かけると「あの人が同志〈主よ、われを憐れみたまえ〉だ」と言う。

誰もがそう呼ぶ。今はそれが名前となった。わたしはときどき考える。この世の者は誰でも、驕る者も虐げられる者も、しっかり生に根を下ろすものも、貧しい者も弱い者も、無辜の者も罪ある者も、裁く者も判決を受けた者も――生きて戦う者なら誰でも、この名とともに生きるのではなかろうか。

一九一六年十月十二日火曜日

Dienstag, 12. Oktober 1916

平時はツェリンカ小路の既製服販売店で副会計係を務める予備役伍長ゲオルク・ピヒラーは、一九一六年十月、前哨隊を指揮中に負傷し、ロシア軍の捕虜となった。脚と肩に銃創があり、そのため何か月もティフリスの小さな療養所で横になっていた。かつては〈ハーン〉、つまり行商人向けの宿だったところだ。

捕虜生活は悪くなかった。恐怖と不快を覚えるのは包帯を交換するときだけだった。いざそれが終わってベッドに横たわり、また二日間の安らぎが――何ごとにも煩（わずら）わされない四十八時間がくると思うと、しみじみとした幸福を感じた。こうして暖かい毛布に包（くる）まりのびのびしている間にも、もと上官のヴォトルベツ司令部付曹長は寒さで凍え、煙草も吸えず、腹を空かせてあちこち行軍し、いつなんどき雨でぬかるむ塹壕で胴を撃たれるかもしれないと想像すると、己（おのれ）の不運もすっかり許せる気になるのだった。

はじめのうちは何をする気にもなれず、まわりの様子も気にならなかった。ひたすら命が助かったことを喜び、これきり戦わなくてすむのを喜んだ。食事の配給を待つうちに時は申し分なく過ぎていく。昼は野菜スープ、でなければ〈カーシャ〉と呼ばれる黍（きび）

粥、夜は紅茶。日曜になって肉の煮凝りの欠片が出ると、その驚くべき出来事はその後何日にもわたる省察の種を彼に与えた。

　そんな療養所暮らしも七週目に入るとそろそろ退屈になってきた。そこで同室の患者たちの観察をはじめた。誰もが腹立たしいまでに似ていた。看護兵を相手に話をしようと骨を折ったが、結局空振りに終わった——この看護兵はいつもぶつくさ言っていて、右足をひきずって歩くタタール人の年寄りだ。隣のベッドの男は絶えず夜中に咳こんで眠りを妨げるが、彼は怒りを押し殺し、あれこれの悪癖を許し、自分のことを理解させようとした。子供に向かって話すように、ゆっくりと、がまん強く、言い回しを極度にやさしくして話しかけた。この試みもうまくいかなかった。ゲオルク・ピヒラーはロシア語を一語も知らないし、隣の男はタタール語しか話せないらしい。

　毎朝二人の医者が巡診に来た。年上のほうはフランス語を解する。ピヒラーは午後の何時間かをフランス語の言い回しを整えることに費やした。翌日ラシーヌの言葉で、戦争の終わる見込みと、自分自身のことについて話すと、医者は愛想良くうなづき、彼の無傷なほうの左肩を軽く叩いて隣のベッドに移った。一言も解してもらえなかった。

　ようやくゲオルク・ピヒラーは、初等ギムナジウム時代の記憶に残っていたラテン語の動詞と名詞を何語か動員して、読みものが欲しいと医者にわからせるのに成功した。翌日の朝渡されたものは、ポーランド語の文法書と読み古されたハンガリー語の小説、それにアルバニア語の聖書だった。

外の世界からは隔てられていたので、ゲオルク・ピヒラーは完全に己の内にこもった。目覚めと寝入りとのあいだに果てしなく広がる時間を縮めようと、さまざまな手を編み出した。時計の歯車仕掛けをばらばらにしてまた組み立てることを、それが盗まれてなくなるまでくりかえした。自分の部隊の名簿を研究し、かつての部下の名を集計し、アントンが七人、ヨハンが五人、フランツとハインリヒが三人ずついるのを確かめた。学生時代から暗唱できる詩が何音節で何文字からなっているか、自分を相手に賭けをした。「ニーデク城はエルザスにあり」は二四一音節一一七二文字でできていた。プフェッエルの「煙草パイプ」の文字数はヘルダーの「再び見出された息子たち」とほとんど同じだった。ウーラントの「勇敢なシュヴァーベン人」の分析にちょうど取り組んでいたとき、思いがけないことが起こり、こうした暇つぶしとは永遠の別れになった。

軽傷の捕虜の一団が新たに搬送され、その日のうちによそに移された。小一時間のあいだピヒラーは廊下を行き来する物音を聞いていた。翌朝になると医者がピヒラーのベッドに新聞を投げてよこした。ウィーンの新聞で、日付は一九一六年十月十二日だ。

興奮と歓喜でピヒラー伍長の息はいっとき止まった。毎朝の新聞なしの生活にどうして何週間も耐えられたのか、急に不思議に感じられた。この新聞は経済的に読もう、満載されているに違いないセンセーションを節約して、毎朝半段だけ読もう。一瞬だけそうした決意が頭をよぎった。しかし人間とは弱いもので、半時間のうちに第一面の見出しから広告まで一気に読んでしまった。

読み終えた新聞は無造作に床に放った。半時間ばかり気晴らしをさせてくれたらもはや用はない。

一時間もすると退屈のあまりやむなく床から新聞を拾いあげた。ざっと見ただけで読み飛ばしたところもたくさんあったし、株式市況や経済欄にはろくに目を通していない。そこで今度はしらみつぶしに読み、地方欄や劇評に見逃していた箇所を見つけた。

翌朝目覚めたときには、はっきりとした予感があった。あの医者は次の新聞、一九一六年十月十三日の新聞をベッドに置いていくに違いない。今度は計画的に、読むところを一日に振り分けよう。午前中は政治欄で午後は法廷欄――

医者は来たが新聞は持っていなかった。ただ彼の肩を軽く叩いただけで隣のベッドに移っていった。

ピヒラーは十月十二日の新聞を三度目に読んだ。広告も市況報告も官庁の告示も三度目だった。

一週間ののち、ゲオルク・ピヒラーが新聞を十七度目に読んだとき、絶えず移り変わる時の相貌は凝固して不動の仮面となった。世界中であいも変わらず同じ事件が起こっている。毎晩毎晩オペラ座でバレー〈電気技師のアルルカン〉、ブルク劇場で〈ドン・

カルロス〉が上演される。倦むことなく地方裁判官のベンディーナー博士は商人エマニュエル・グリュンベルクを価格吊り上げの廉(かど)で六週間の拘禁と六百クローネの罰金刑に処す。六十歳の年金生活者リュドミラ・スタングルは市電の安全装置にはさまれ、日々新たに右股関節のあたりにひどい挫傷を負う。無慈悲な摂理は失業中の二十歳の市場人足カール・フィアラを毎晩モーリッツ・ヴァッサーマンの骨董品店に押し入らせ、主人の頭を日々鉄梃(かなてこ)で強打させる。ラートハウス通り十四番に住む工場主の妻メリッタ・ノイホイゼルは運悪くも四万クローネの価値があるダイヤモンドのブローチを十七回盗まれる。幽鬼じみた葬列が毎日三時に中央墓地の門扉に現われ、短い病ののち身罷(みまか)った宮廷顧問官エミール・クロンフェルトの遺体を絶えず永遠の安らぎに導く。参事アドルフ・リヒトフォル博士は市の参事会で毎回飽きもせず同じ演説をくりかえし、決まって同僚の参事ヴォヴェルカの「人生を無駄にするな！」という発言で中断させられる。

読み古してぼろぼろになった新聞を手にするとき、ゲオルク・ピヒラーはもはやティフリスの療養所ではなく故郷のウィーンにいた。四十回も読むと社説は最初から最後まで暗唱できた。〈読者からのお便り〉欄の一投書はピヒラーの世界観を根本から変え、彼を火葬推進論者の草分けにした。そして霜焼け用軟膏〈アガトール〉の効き目をいっぺん試したいものだと切望し、オーストリア特許第九六一三七番〈クラッチ装置用ボールベアリング〉の特許保持者は不明のままに終わるのかと始終胸をはらはらさせ、気まぐれにせよ悪意からにせよ、アトラン広場にあるカフェ〈ニース〉の大鏡に銃弾を撃ち込んで粉々にしたのは誰なのだろうと、夜も昼も思いを凝らした。

いまや彼は、生活必需品がどこで一番安く買えるかを全部知っていた。どこに行けば乳搾り用の山羊や食肉用の山羊、ばらの切手や揃いの切手コレクション、絹のメリヤス編みのズボン下、レモネード、屋根葺き用紙、あらゆる種類のブリキ板、銀灰色の狐、魔法壜を特価で買えるのかも。目を閉じると人の長い列が浮かぶ。誰もがクライネシュペール小路八番のゴルトアンマー氏の家に向かっている。ズボン、下着、靴、絹織物、制服、毛皮類などの古着を一切合財、〈驚くほどの高値〉で売るために。

一九一八年の春、ゲオルク・ピヒラーは交換傷病兵として釈放され、故郷に向かった。そのときまで彼は一九一六年十月十二日火曜日の新聞を二百七十回読んでいた。例の一日――一九一六年十月十二日――は永遠の命を保ち、他のあらゆる日を呑みこみ、唯一にして無二のものとなっていた。その日起こったことは消えない記憶となってゲオルク・ピヒラーの頭に刻まれた。時間は一九一六年十月十二日火曜日のまま止まった。

駅を出てウィーンの街路に降り立ったとき――老いた母と弟が迎えに来てくれた――大きなもじゃもじゃの野良犬が酒場の戸口をうろついているのが目に入った。たちまち彼は、それがテレーゼ・エントリッヒャー夫人の家から逃げたブルドッグに違いないと断言した。「リキ」と呼びかけると応え、三区ウンガー小路二十三番に連れていけば礼金が進呈されるはずだ。ピヒラーは親しく声をかけ犬に近づこうとした。犬は唸り、歯をむき出して彼の右ふくらはぎに襲いかかった。

三人は市電に乗った。弟が背嚢（はいのう）を持ち、ゲオルクにエジプト煙草を差し出した。母親はロシアのことを話しておくれとせがんだ。話すほどのことはありませんよとピヒラーは答えた。そのとき床屋の看板が目をかすめた。

「フリードリヒ・フシャク、理髪店」と彼は読みあげた。――「あのフシャクはフシャク教授の親戚なのかな。一九一六年十月十二日に解剖学研究所の大広間で人間の肺の細密構造について講演をしたあの教授の」

その晩ピヒラーはマリアヒルフ環状路十八番の〈オットー・レミシュのビアホール〉に行った。そして主人に近づくと手を差し出した。

「心からのお祝いを言わせてもらうよ。ちょっと遅くなったけれど」

主人は口にしていた葉巻を一服吸い、虚をつかれた顔をした。

「開店二十五周年記念日に、心からのお祝いを言わせてもらおう」ピヒラーはくりかえした。

「ああ、あのことですか」主人は言った。「でももう、とうに過ぎた話です。本当は新聞になんか載せたくなかったんですよ。でも毎晩生ビールを飲みに来る先生が——あそこにいる方です——先生！　ようこそいらっしゃいました！——そうしろと言ってきかなかったもんで」

「ところで森林開発協会の訴訟はどう決着がついたんだい」ピヒラーが聞いた。

主人は自分はその訴訟には関わっていないと答えた。

「ほら、森林開発協会が国を訴えた面白そうな訴訟があったじゃないか」

その訴訟のことは何も知らないと主人は言った。

ゲオルク・ピヒラーの頭のなかでは、十月十二日付の新聞で知った人物は、分かち難いまでに互いに結びついていた。誰もが他の誰をも知っていた。地方裁判所判事のベンディーナー博士は飼い主のテレーゼ・エントリッヒャー夫人といっしょに、いなくなったブルドッグ〈リキ〉を心配した。フシャク博士は深く悲しみ、短い病のあと世を去った宮廷顧問官クロンフェルトの葬列に連なった。

「訴訟は」ピヒラーは主人に教えた。「一九一六年十月十二日、つまりこの店の二十五周年記念日に起きたんだ。だからきっと知っているはずだよ」

主人はけげんそうに彼を見て、給仕頭に目配せすると、肩をすくめてカウンターの奥に姿を隠した。

翌朝ゲオルク・ピヒラーは新聞を広げた。だが読んでいるうちに嫌になってきた。わけのわからない事件と意味のない名前しかなかったから。

彼は弟に言った。「いつのまにか新聞は面白くもないことばかり載せるようになったね。読んで一時間もすれば何を読んだかさえ忘れてしまう」

アンチクリストの誕生

Die Geburt des Antichrist

一七四二年ころ、パレルモの港広場近くに流れ者の靴職人が住んでいて、妙な訛と大食のために〈ジェノヴァ者〉と隣人たちから呼ばれていた。なんでも噂によるとジェノヴァ人はシチリア人の三人分食べるらしい。

札付きの怠け者や役立たずが世界から集まってさえこなければ、楽園とも呼べたであろうこの大都会パレルモで、骨を惜しまずきびきび働くこの〈ジェノヴァ者〉は大いに目をひき、ことに地元のヴェッテュリーニ街で評判が高かった。抜群の腕を持つ靴直しの仕事のかたわら小間物も商い、呼鈴や鎹や閂や錠前や漁のあらゆる用具を揃え、保税庫から蔵へ荷を運ばねばならない異国の商人には騾馬二頭を貸し、時間を割いてミサにも毎日行っていた。家政婦も徒弟も置いていなかったので、自分で市に出かけて買物をした。朝早く靴直しが自分の店を開ける前に市場に行けば、しばしば子牛肉を一ポンド、そして四旬節にはひめじや脂の乗った鯉を買う彼の姿が見かけられた。

ところで当時も今と同じく、パレルモ近辺の司祭らはわずかな禄しかもらえず貧しく、なんとか収入を増やそうと努めねばならなかった。モンテレープレに住む司祭にしても、教区の農夫が払う洗礼や死者のミサや蠟燭の代金、あるいは聖具のお礼では、せいぜいスープに入れる豌豆分にしかならなかったから、週に一度は籠いっぱいの卵やチーズを家政婦に持たせて市で売っていた。

そこで靴直しはさして若くも美しくもないこの家政婦を市でたびたび見かけることになったが、言葉は交わしはしなかった。ところが四度か五度目に目にしたとき、そのまま家にとってかえし、二十か月のあいだ着ていたマントを売り払い、仕立屋を呼んで急いで寸法を取らせた。獣のような恰好で彼女の前に立ちたくなかったので、数日のあいだ市に行かず、食事はパンとチーズとオリーブで済ませた。

新しいマントができるとさっそく市場に出かけ、肉屋の屋台に向かった。何日かすると意中の人に会った。今日は肥し飼いにした鶏二羽と蜂蜜の小壺を持ってきて二スクードの値をつけていた。つまり主人の司祭が新しい祈禱書を買うにはちょうどそれだけの金額が要るのだった。

彼女もまた小奇麗に身なりを整えていた。新しい靴に白い頭巾、両耳には青と白の小粒の宝石を嵌め込んだ銀のイアリング。靴直しはすぐそれに気付き、彼女がこんなにめかしこんでいるのは、ひたすら自分のためと信じて疑わなかった。しかしすぐに話しかけはせず、背を丸めて近くに立ち、彼女から目を離さないようにした。何人もの人が来ては鶏をつつき、手で重さを測り、蜂蜜を試食し、誉めたり貶したり、値段にけちをつけたりして去っていく。靴直しは辛抱強く待っていた。やっと鶏と蜂蜜の買い手が現われた。商いが終わるや否や、靴直しは彼女の前に出て話しかけた。

「一雨来るな。空が真っ暗だ。でも雨が降れば穀物や人参や無花果がよく育つだろうから悪くはない」

家政婦は赤くなって前掛けのしわを伸ばした。

「特に葡萄にはとてもいいです」

「そう、葡萄にもね」靴直しがうなづいた。「去年は葡萄酒が高かった。おれは葡萄酒は毎日五合飲むが外では飲まない。口は奢ってないし賭け事もやらないからな。家にずっと居りゃ金も貯まるってもんだ」

そこで彼は黙り、瀝青で荒れた自分の大きな手を見た。靴の縫糸が掻き傷やみみず腫れを縦横に残している。

「お金を貯めるなんてなんでもないことです」彼女が言葉を返した。「家の中をきちんとできて、何かにつけ頼りになる女房が家にいさえすれば」

「そんな女房はなかなか見つからない」靴直しが言った。「おれは一人者だし、この町に女の知り合いはほとんどいない。知ってるのには皆もう男がいる」

彼女に恋人はいなかった。靴直しは彼女がモンテレープレの司祭の家政婦であることを知ったが、モンテレープレなる町は彼には初耳だった。

「あの山の上に教会がありますの。ここから歩いてたっぷり五時間かかります。あの辺には山羊がたくさんいて、村の人たちがそれはおいしいチーズをつくります。モンテレープレの五月チーズと言って評判で、トラパニのあたりまでの村や町の人はみんな知ってます。あのチーズはみんなモンテレープレ産なんですよ」

やがて雨がぽつぽつ降り出し、市には人がいなくなったが、それまでにはもう二人は婚礼の日取りまで決めてしまっていた。彼らのような身分の人間にはややこしい手続きは無縁のものだった。

こうして靴直しは欲しかった伴侶を得た。しばらくの間は何事もうまくいき、二人は仲良く平和に暮らしていた。結婚して何週間かは、折を見て新婦はモンテレープレまで行き、前の主人の売り物をパレルモの市場に持って行った。女房が卵でいっぱいの籠を頭に載せ、両手に牛乳壺を持って家を出るたび、文無しの靴直しは十字を切って女房を祝福するのだった。司祭が新しい家政婦を雇うようになってからは、靴直しの女房は家に籠って、暇さえあれば糸を紡ぎ、それを売ったお金を週の終わりに亭主に渡していた。

夫婦は以前の習慣どおりに毎朝ミサに行った。そのあと八時の鐘が鳴ると、亭主は急いで仕事場に行って靴の皮と取り組み、女房は彼の代わりに市に行き、肉や油や葡萄酒やその他必要なものを買ってきた。そして昼には炙(あぶ)った鶏と野菜や魚スープや卵菓子のおいしそうな匂いがヴェッテュリーニ街にあふれるのだった。

そのように日々は過ぎ、聖体祝日の前夜になった。女房は慣しどおりに剪りたてのカスタニエンの小枝で窓を飾った。そしていつもより早く床についた。というのも明日の朝は主の御顔を見ることができるし、それに、戴冠式の長衣と外套を纏った司祭が聖遺物匣を手に街を練り歩き、あちこちからたくさんの人がこの機会を逃すまいと馳せ参ずる、その様子もぜひ見たかったから。そして亭主はいつものようにかたわらで寝ていた。

夜中に女房はふと目を覚ました。満月のあかりが狭い部屋にさしこみ、窓際のカスタニエンの枝を、そして、壁に掲げられた洗礼者ヨハネの煤けた画や竈の上の銅の鍋や、酢の壜やパン切り包丁や柄杓を、そして扉の上の聖ベルナールの悲嘆が大ぶりの赤と黒の字体で描かれた羊皮紙をくっきり照らしており、その聖なる言葉が蠅の糞でひどく不潔に汚されているのが目に入ると、女房はあらためて気を悪くした。

不意に女房は、亭主の寝息が聞こえないのに気づいた。手を伸ばして探ってみると、ベッドの隣はもぬけの殻だ。

いぶかりながら女房は身を起こした。目をこすっていると、仕事部屋の方から亭主の声が聞こえてきた。お祈りでも唱えるみたいに小声でむにゃむにゃ言っているが、言葉はぜんぜん聞き取れないし、なぜこんなに夜遅く寝床から抜け出て仕事場にいるのかも、なぜいつものように自分の横で寝ていないのかもわからない。扉の節穴から漏れたランプの光が細い帯となって、寝床の白い敷布を微かに照らしている。

「リッポ！」亭主の名を呼んでみたが返事はない。ささやき声はあいかわらず聞こえてくる。女房はもう一度呼んでみた。

「フィリッポ！　聞こえるかい？　リッポ！」

そのときとつぜんあたりが静かになり、そして靴直しの悪態が聞こえてきた。

「ネズ公どもめ！　おれの眠りをだいなしにしやがる。さてはおれの靴革を狙ってるな」

それはまぎれもない亭主の声だった。だが次の瞬間、女房はまたも混乱した。がらりと変わった調子でくつくつと笑う声が仕事場から聞こえてきたからだ。山羊が鳴いているようでもあり豚がぶうぶういっているようでもある。

「ネズ公、そうともよ、ネズ公！　ヘッヘッヘッヘッ！　ガレー船から湧いて出たチューチュー野郎！」

「あんた！」おろおろして女房は叫んだ。「鼠なんかほっといてこっちに来な！　ランプもちゃんと消すのよ！　油がもったいないから！」

「さっさと失せやがれ！　グズグズするんじゃねえ！　悪魔んとこに行きやがれ、お前の分け前はもうやった」この靴直しの叫びを聞いて、女房は天に感謝した。亭主の声がいつもの調子に戻っていたから。

しばらくの間、亭主が独り言をつぶやきながら部屋を歩きまわる音が聞こえた。しかし玄関の扉がばたんと閉まる音を最後に、あたりはふたたび静かになった。

突然亭主が扉から頭を突き出した。

「お前、起きてたのか？」不機嫌そうに靴直しは言って女房を見やった。真っ青なその顔からは玉のような汗が一面に噴き出ていて、赤らんだ大きな手は震えている。

「あんた誰と話してたの」女房が聞いた。

「誰とだって？　悪魔と取引してたとでも言うのかい？　一体何だっておれが誰かと一緒にいたなんて思った？」

「話し声がひそひそ聞こえたんだよ。あんた誰と喋ってたんだい」

「誰って？　ネズ公よ！　デブのネズ公が靴革の束の間をチョロチョロ走り回ってうるさくてよ、それも馬鹿でかくて真っ黒な、ボテ腹の鼠だ。ありゃきっと司教さまかなんかのやんごとないネズ公に違いないぜ。おまけにユダ公みたいな臭いがしやがるんで、さんざんにぶちのめしてやったさ」

恐怖をこらえていたにもかかわらず、鼠をデブ司教呼ばわりした亭主の言葉に女房は思わず吹き出した。靴直しは女房の表情がやわらいだのを見て、調子に乗って続けた。

「本物の修道院長さまさ。あのデブネズさまは修道院の院長さまにあらせられましたか。道理でよくお肥えになっておられる。でもおれはさんざんやっつけてやった。嘘じゃない」

　亭主と鼠との追いかけっごっこを、もはや女房は不審に思っていなかった。そう言えば前に仕えていた司祭さまの家にも鼠がいて寝台を齧(かじ)られたし、布二枚と新調の祭服をだいなしにされたこともあった。

「猫なんか全然役に立たないの」そう言って女房は布団を首まで引き上げた。「そのくせミルクはやたらに飲むんだから。毎日ミルクをお椀一杯やらないと承知しないし、うかつに物を置いとけない。それからいたずらもするし、夜は屋根でうるさく鳴くし。やっぱり猫はごめんだわ。それより猫いらず、これは効くわよ。広場の角にある薬屋のチプリオーテさんの所でちっちゃな箱に入って売ってるわ」

　そのとき彼女は三か月の身重(みおも)だったので、これまで全然気にしなかったようなことに急に興味が湧くようになっていた。

「近ごろは、あそこの前を通るたびに、中に入ってみるの。香料とかエッセンスが百種類もあるの。ラベンダー水やオレンジシロップやジャスミン油や菫(すみれ)の香水、麝香(じゃこう)の石鹸にキプロスの白粉(おしろい)、それからまだまだいろんなものが。なんか眠気がしてきたわ。とにかくあの店の香りをかぐと、なんだか修道院の庭にいるような気になる。もちろん猫いらずも売ってる。道化が呼び込みをやったり宣伝したりしてるけど、そのおどけ者はあそこの丁稚(でっち)なの。とにかく一箱買って来ましょう。それで一匹は殺せるけど、後から後から湧いて出るから結局役に立たないかもねえ」

靴直しは彼女のかたわらですでに横になっていた。女房は彼が深く溜息をつくのを聞いた。そして自分も眠りに落ちた。

それから何週間か後の日曜日、あたりが暗くなりかけた頃、靴直しは女房を誘って、見事な青銅のキリスト像が中央に立つクリソストモ広場に出かけた。港近辺はどこもごった返し、水夫、酒場の亭主、収税人の手代、帆布修繕人、それに丁稚や荷物運びまでもが洒落のめしてテントの周りにたむろしている。そこでは銅貨二枚でさまざまな珍しい異国の鳥や蛇や生きている河馬（かば）が見られるのだった。こんな見世物はめったにないので、何人もの大道芸人が緩んだ財布のおこぼれにあずかろうと、津々浦々から集まってきていた。消防会館の屋上からドミニコ会教会の窓越しに二本の綱が張られ、その上を銀糸刺繍の上着とタイツ姿の綱渡り芸人が竹馬に乗って練り歩いている。カルタヘナから来たあどけなさを残す少女が、二枚のシンバルと口琴の響きにあわせて藁（わら）のマットの上で踊る。そして油樽に乗ったプルチネルラが放浪医師の作った解熱剤や馬用の咽喉腫軟膏を呼び売りする。黒人の子が猿どもを歩哨のように立たせておいて鞭をくれてやっている。そうかと思えばギリシアの島からきた、蜂蜜とピスタチオの飴玉を売っている男が、きわどい冗談を言って娘たちを赤面させていた。

靴直しは教会の正面入口前の高くなったところからその様子を眺めていた。酒場からよろめき出た男たちがひっきりなしにそばを通り過ぎる。氷水売りの甲高い叫びが喧騒に混じって聞こえる。魚を炙る匂いが濃くたれこめ、彼方には海と荷送船の継ぎはぎの帆が見える。

先(せん)からずっと女房は二人の男を観察していた。人の行き来は押しあいへしあい満ち干するのに、二人は始終自分らのそばにいて、片時も亭主から目を離さない。一人は大柄のどっしりした男で、締金付きの靴に鸚鵡(おうむ)のようにけばけばしい緑の絹靴下、それに朽葉色の上着に鬘(かつら)と羽根飾り帽を身に付け、脇には細身の剣を一振りと、まるで貴族のようないでたちをしていた。しかしこの立派な服装は本人の粗野な顔つきとは全然合っていない。妙に赤らんで胡坐(あぐら)をかいた鼻の下に赤い髭がもじゃもじゃして、右頬から左にかけて幅広の布で膏薬が貼られている。そしてじっと動かず偉そうに腕組みをして、靴直しに目を据えている。その連れはといえば、のっぺりした顔とずるそうな目を持つ落ち着きのない小男で、いかにも司祭みたいななりで、貴族風の男の前に出たり脇に並んだりちょこまかしていた。

「あの二人、いやにあんたを意味ありげに見てるけど」女房は亭主に耳打ちをした。

「知ってる人なの」

靴直しはちらと二人を見たが、肩をすくめて言った。

「いや、どちらも知らない。気のせいだろ。おい、また出てきたぞ！　なんだかいやな予感がする。子供といっしょに落ちなきゃいいが」

そう言って亭主は消防会館の天窓を指した。ちょうど綱渡り芸人が青い旗を振っている少女をおぶって現われたところだった。

二人連れが間近まで迫ってきた。女房は羽根飾り帽の男が連れに奇妙な喉声でささやくのを聞いた。

「何時だ、ドン・チェッコ」

「十一時でございます」くつくつ笑いながら小男は言った。「十一時、もし閣下さえよろしければ」

このきてれつな返事を女房はいぶかしく聞いた。なにしろ聖クリソストモ教会で七時の鐘が鳴りだしてから、まだ十五分もたっておらず、ドミニコ会の修道院礼拝堂ではアヴェ・マリアの鐘がまだ鳴り終わっていない。

「すると十一時だな」赤髭の下から喉声が聞こえた。

ほとんど同時に靴直しが女房の腕を引いて叫んだ。「見ろよ、いま跳ぶぞ」頭上では綱渡りが思い切った跳躍をして市場広場の敷石に着地した。「早すぎる！　あまりに早すぎる！　それも背中に子供をおぶって！　野郎あまりに無謀だ。もう少しで首の骨を折るとこだった！」

「あの芸当はきっと百回もやってるのよ」たかが綱渡りになぜ亭主がこうも熱中してるのかわからないまま女房は言った。「そんな大したもんじゃない。船にいる水夫たちならもっといろんなことができるのよ。あんたも一度見るといいわ」

「十一でなけりゃ十二」山羊のような声で司祭が言った。「閣下がお望みなら、十二でいけないことなどありましょうか、閣下さえよろしければ」

「では十二時」剣を持った男が豚のような声で言った。

この声——この喉声とくつくつ笑う声はどこで聞いたのだったかしら。そんなに前じゃなかったはず——女房は考え込んだ。はじめは雄山羊を買いにモンテレープレにやってきた家畜商人たちの声と思った。しばらく考えているうちに、きっとそうだと思いかけ、片方の名さえ思い出した。だが不意に二人の声が耳のなかに響き、寝室のベッドで半ば身を起こす自分の姿が浮かんだ。扉の節穴から細い光が両手に射し、仕事場から——「ネズ公」と豚の声が——「ネズ公」と山羊の声が——「船のネズ公」——「ガレー船のネズ公」

氷のような恐怖が総身をかけぬけた。足が震えだし、崩れそうになる体を教会の柱にもたせかけた。この人は嘘をついていた。あのうさんくさい二人、あの貴族とくつくつ笑う坊主こそ、あの聖体祝日の前夜、仕事場でささやき交わしていた男どもだ。同時にあの奇妙な会話の意味も理解できた。今夜あいつらは家にまた来ようとしていて、その時間をしめしあわせてるんだ。――「十一時がよろしいでしょう、閣下」の呼びかけに「早すぎる！　あまりにも早すぎる！　野郎あまりに無謀だ！」と亭主は答えた。なぜならその時間には、あたしがまだ起きているのを知っているからだ。

不安で一杯になって女房は亭主を振り返った。だが口を開けて綱渡りの一挙一動を目で追っているだけで、他には何も見聞きしてないように見えた。

「では十二時。それで決まりだ」膏薬を貼った男が喉声で言った。

そして女房は見た。亭主がそれとわからないほど微かにうなづくのを。


夜、自宅で、女房は昼食の残りのキャベツスープと塩漬肉を一切れ食卓に並べ、食事がすむと外に出て騾馬の様子を見て井戸から水を汲んだ。家に戻ると亭主はナイトキャップを被ってすでに寝床にいた。戸締りを確かめながら、彼女は十字を切り、お祈りを始めた。テ・ルキスとアヴェ・マリアの間で、亭主が蠟燭を吹き消して言った。

「食事は終わった。もう寝ろ」

秘密を探ろうとしているのを勘付かれないよう、亭主に疑いを持たれないように、女房はおとなしく寝床に入った。布団の中で目を閉じてじっとしながら、眠気を払い、待つ時間をつぶすために、あらゆる手を使った。なにしろ眠ってはならないから。

まずモンテレープレとパレルモの間にある村や集落、別荘、それから農家をすべて順番に数え上げようとした。その道なら何回も行き来してよく知っていたから。それが終わると、はしばみの実を最後に食べたのはいつか思い出そうとした。はしばみの実は一番の好物だが、この町にはないし、誰も市に持ってこない。

時間はゆっくりとしか過ぎない。今度はこの町の人をどれだけ知っているか数えあげてみよう。ここにはもう半年住んでいる。数は百人じゃきかないはず。

――左側のすぐ隣に住む人は、葡萄酒商人のタリアコッツォ。あの人は一度、亭主が靴を予定より早く仕上げたっていうんで、オレアティコの壜をくれたことがあった。あんな上等の葡萄酒は、修道院でも飲んだことはなかった。あの人の娘はテレサ――香料商人の奥さんも同じ名前だ。そのご主人の名前は知らないけど。だってみんなあの人のこと、スクージの旦那とか、単に旦那と呼んでるもの。胡椒を擂り潰すのに擂鉢が要るときはいつも貸してくれる。罐造りと毛織職人と青物商人もこの街にはいる。それで全部で七人になったわね。それから港の赤色染料の製造所の持ち主の老人。あの人には息子が二人いて、片方は煙草の葉を買いつけて嗅ぎ煙草にして売っている。珊瑚の商いもやっていて、たんまり儲けたんだって。珊瑚の鎖一本で三スクードなんだって！ それだけあれば、もうちょっとで山羊が一頭買える――

それきり続かなかった。あることに思いあたったからだ。希望が、そして同時に嫌な感じが目覚めた。

――借金！　あの人には内緒の借金があるのかもしれない。あの二人は亭主に金を貸していて、それを取立てに来たのかもしれない。きっとそれだけの話なんだわ。業突張りの金の亡者、あの司祭だって贋坊主に決まってる――いや、でも、あの人に借金なんかあるはずはない。借金があったら、ついこないだ新しい騾馬を買うはずはないもの。もう厩に二頭もいるのにもう一頭なんて。あれなんか三十六スクードもしたけれど、六スクードの値打ちもありゃしない。なにしろ嚙むわ暴れるわで、誰かが乗るときには、二人がかりで押さえておかなくちゃなんないんだから――

気がかりで胸がつぶれそうになって、女房は先ほどの時間つぶしに逃れた。

穀物商人のカプッチ。あの人ならこの界隈の貧しい人たちに袋叩きにされても不思議はない。それから鞍作りのルカ・サガロロ、それに、この近くにはもう一人、精霊教会で椅子を賃貸してるサガロロがいる。あの人、自分のことを仲買人なんて言ってた。それから、あの向かいの家の蔓職人の一家。今では奥さんと二人だけで住んでいるけど、十人分くらいの騒がしさだ――

そこで突然思いあたった。亭主の仕事場にお客が二人来たことがあった。やはり真夜中に。網の錘なんかに使う小粒の鉛玉を買っていった。日が出る前にまぐろ漁に出発するんだとかで、とても急いでた。あたしは幸運を祈ってあげたっけ。舟からあふれるほどの大漁になりますようにって。そうしたら年かさの人が応えた。神さまのご加護があればと。信心深い人たちだった。お金もちゃんと払ってくれた。それにくらべてあの貴族と坊主の二人組――上着のポケットに本を入れてる様子がなかったから、本当に坊主だかどうだか怪しいもんだけど――

　女房は耳を澄ませていた。夜警の足音がゆっくりと家の前を通り過ぎていく。ランタンの灯りが室内に入り込み、攪拌桶(かくはん)が、革の前掛けが、篩(ふるい)が、水差しが、壁の聖ヨハネが、順に照らされては闇に消えてゆく。銃身の影が壁にうつり、伸びながら消えていく。そして灯りは消え、足音が遠ざかっていった。どこかで犬が吠え、別の犬が応えた。女房は横になったまま、夜の物音を聞いていた。やがて十二時の鐘が鳴り始め、その最後の響きが消えると同時に、靴直しは音を立てずに寝床から身を起こした。

　女房は目を閉じ身動きせず、眠ったふりをした。心臓だけが激しく動悸を打っている。亭主が自分の上に屈みこみ様子をうかがっている気配が感じられる。顔がすぐ間近に迫っているらしく、息が頰にかかる。

　外から口笛が鳴った。すぐさま靴直しが跳ね起きた。あわただしく歩き回り、闇のなか服を手探りする音がする。やがて亭主は忍び足で扉の方へ行き、仕事場に消えた。

　一分間ほど何も聞こえなかった。それから蝶番(ちょうつがい)のきしる音と騾馬が寝ぼけていななく声。ふたたび静寂、それから足音と声。声には聴き覚えがあった。今はささやきくらいに微かだが、まぎれもなくあの例の坊主のくつくつ笑いだ。女房は寝床でじっとしたまま待った。いつのまにか節穴からランプの光が流れこみ、光の輪が両腕にあたっている。今だ。女房は音を立てないように身を起こし、抜き足差し足で扉の前まで行った。節穴からは仕事場はほんの少ししか見えなかった。ランプの光できらめくガラス鉢の水。仕事机とそこに置かれた片手。瀝青に汚れた傷だらけの亭主の大きな手。手は金属の燭台を持っていた。その燭台を上げたり下げたり、揺らしたりひっくり返したりしている。いったん視界から消えたが、また現われた。今度は燭台ではなく銀の細い鎖を持っている。

仕事場で何が行われているか察しがついた。顔に膏薬を貼った男と贋坊主は泥棒で、盗品を持ち込んでいるのだ。それにしてもあの二人、どうして夫に贓物買いをやらせられるんだろう。あの人は毎日ミサに行き、真面目に職人仕事をやり、厩で騾馬の世話までしているのに。

もはや恐怖は失せていた。憤怒と恥辱だけがあった。なにしろあの二人はこの家を盗品の取引所にし、夫に神とその栄光を忘れさせているのだから。女房は腹立ち紛れに自分を見失い、扉を開け仕事場に押し入った。

貴族と坊主と亭主の三人は卓を囲んで座っていた。卓の上にはがらくたがいろいろ並んでいる。銀の匙が二本、燭台、撒き砂の箱、蠟燭の芯切り、鎖、破れた扇、ひどく磨り減った絹の布、蓋のない鼈甲の小箱。扉のそばの床には真鍮の馬具が転がっている。

三人はあれやこれやを見ながら値踏みをしており、亭主は鼈甲の嗅ぎ煙草入れを握っていた。誰もが検分に熱中していて、女房に気づいていないようだ。

しかし部屋には四人目の人物が、彼らから離れて立っていた。細長い手と暗い目を持つ長身蒼白のやせた男で、着ているものは黒一色。額とこめかみに火傷の瘢痕(はんこん)さえなければ、美男といってもよかったろう。その男は女房にいち早く気づいたが、何も言わず彼女を見据えている。沈黙はいつまでも続き、女房は軽い不安を感じて思わず目を閉じた。

「帽子か頭巾か」とつぜん顔を上げずに亭主が言った。

「小帽子よ」坊主がくつくつと笑った。「あそこにゃ香料もいろいろあったが、欲しくもなかったし、あの爺いが憤ってわなわな震えだしたんで、急いで窓からずらからにゃならなかった。もう少しで血を見るところだった」

「ぬすっと!」この罰当たりな話を聞いてかっとした女房が叫んだ。「こんな堅気の家に来るなんて、あんたたちみんな気でも狂ったの? そのガラクタを持ってとっととお帰り!」

靴直しは飛びあがり、幽霊でも出たように目の玉を剥いて女房の方を向いた。喋ろうとしたが、あせるあまり言葉が出てこない。手に持った鼈甲製の嗅ぎ煙草入れを、まるでお守りででもあるかのように、ぎゅっと胸に押し当てている。

しかし他の二人は平然としていた。肌着の他に何も着ていない女房の出現に不意をつかれただけだった。坊主は立ち上がり椅子を後に押しやって女房に近づき、見るべきものをみんな見てしまうと、ふくみ笑いをしながら言った。

「こいつは別嬪の、食指をそそる奥方じゃねえか。おい靴屋、言っとくが、サー・トマスにゃ気をつけな。今だって、あんたの女房を食らいつきそうに見ている、あの目つきったらないぜ。むちむち、ぷりぷり、そういうのがこいつは大好きなのさ。なぜって、確かにこいつはイギリス生まれだが――」

「いいかげんにしろ！」剣を持った男が嗄れ声で言った。「さもなくば無駄口が咽喉につかえてお陀仏になるがいい。おい靴屋、女を放り出せ。むちむちもぷりぷりも要らん。要るのは金物だけだ」

「首吊りの縄、あんたに必要なのはそれだけだよ」女房が叫んだ。「このごろつきども！　さっさとガラクタ持ってお帰り！　さもないと大声出すよ。これはキリストさまが復活されたのと同じくらい確かだよ！」

「あのきれいな白い腕を見ろよ」山羊声で坊主が言った。「ほかの部分も悪くねえ。よっしゃ別嬪さん、今日はいいもん見せてもらったぜ。さっさとおねんねにかえんな」

「何か盗るつもりじゃないだろうね、この盗人ども」女房が叫んだ。「夜警を呼んでほしいのかい」

「夜警！」顔に膏薬を貼った男が喉声で叫んだ。「夜警！」坊主もくつくつ笑った。「そりゃ面白いことになるだろうな。退屈しのぎにはちょうどよかろう。ほら、靴屋の野郎を見てみろ、嬉しさのあまりとんぼ返りせんばかりだぜ。よっしゃ、かみさん、夜警でも何でも呼んでくれ」

困った女房が亭主を見やると、亭主は顔を歪めていた。それを見て女房は察した。もしかすると亭主が今一番やってほしくないこと、それは夜警を呼ぶことではないのか。どうしていいかわからなくなり、彼女は床から重い火掻き棒を拾い上げると、武器代わりに振り回して二人に迫った。

「こそ泥ども。さっさと出ておいき」その罵り声にちびの坊主はすばやく机の下に隠れて難を避けたが、もう一人の男は平然とあくびしながら伸びをし、ぶつぶつつぶやいた。

「ドン・チェッコ、あの女が何するつもりなのか聞いてみろよ」

「あんたのどたまに風穴を開けるつもりだよ。それがいやならさっさと出ておいき」

「そのぶっそうなものはどけておいたほうがいいぜ」喉声が言った。「おもちゃじゃないんだからよ」

女房は返事をせず、男に向かって突進すると、雄牛も倒さんばかりの一撃を男の頭に加えた。男は何事もなかったように立っている。突然、鉄のような握力を感じた女房は悲鳴をあげ、火掻き棒を床に落とした。

「それみたこっちゃない」喉声が言った。「それみたこっちゃない」卓の下から這い出してきたくつくつ声が言い、火掻き棒を脇へ蹴った。その
ちょうどそのとき、顔に火傷がある黒尽くめの男が雪のように白い手を上げた。その手で自分の唇に触れ、ついで額に持っていった。それから二度肩を叩き、指を開き、別の手で頬を撫でた。これら一連の動作はあまりに素早く次々と行われたので、女房は追うことができなかった。

しかし他の二人は合図を理解した。坊主は煙草の脂（やに）で汚れた青い風呂敷を懐（ふところ）から出してひろげ、卓の上にある鎖や蠟燭の芯切りや撒き砂の箱や破れた扇を包み込みだした。一方膏薬を貼った男は馬具を背に負い、唾を吐くと、羽根飾り帽を頭に載せて言った。「よかろう。おれたちは行く。頭（かしら）の言いつけだ。だが明日また会おうぜ。それまでにあんたの女房にものの道理を叩き込んどくんだな。頭は騒ぎがお嫌いなんだ。それから十二スクードちゃんと用意しとくんだぞ、いいな」

そして尊大な風を装いつつも、未練ありげに出て行った。その後ろにいた坊主は女房に一瞥をくれ、片脚を引いて儀式ばったお辞儀をすると、にたにた笑いながら求愛のしぐさをして後に続いた。そして口の利けない不気味な男が最後に出て行った。

玄関の扉が音をたてて閉まるとあたりは静かになった。身動きせず、話もせずに靴直しと女房は立ち尽くしていた。水をたたえたガラス鉢の光が、心労で急に老け（ふ）たように

見える靴直しの顔に落ちていた。手には鼈甲の嗅ぎ煙草入れをまだ握っている。

そのとき女房は気づいた。二つ目の、より深刻な秘密に直面したことを。その秘密のせいで亭主はあの盗人三人の言いなりになっている。この人が盗品を買っているのは、自分の意思でも金のためでもない。亭主と二人きりになった今、女房は何とかして亭主の力になりたいと思って、その手を取って寝室に誘った。亭主はとつぜんの出来事に虚脱したようになっていて、女房のなすがままになった。

女房はランプを引き寄せ、油を注ぎ芯を切ると、卓上の皿の脇に置いた。皿の上には、塩漬肉の残りが載っている。それから女房は聖書の章句と敬虔な箴言(しんげん)を武器に執拗に亭主を攻め立て、もはや彼の災難の理由を隠しだてすべきではないと、飽くことなく説き聞かせた。

「観念して話してごらんなさいな」と彼女は迫った。「口に出して告白すれば天国の合唱団がアーメンを唱えてくれるのよ。神さまの愛が許さない罪はありません。神さまは何度も証(あかし)だててくださってるの」

靴直しは顎を拳で挟み、その拳を机の上に載せ、ぼんやり前方を見ながらうつむいて座っていた。女房はなおも言いつのった。

「あたしたちに苦しいことは多いけれど、恐れることはありません。あたしたちは迫害に苦しめられるけど、滅びることはありません。あたしたちは不安に満ちているけれど、誰が望みを失うでしょう。主はこう言わなかった？　わたしはあなたがたを見捨てはしないし、なおざりにすることもしないと。だから話してごらんなさい。慰めがやってくるでしょうから」

何を言ってもむだだった。靴直しは耳を貸さずかたくなに口をつぐんだ。ランプの光が揺れてちらつき、燻（くすぶ）った煙が天井へ昇っていった。

「永遠の喜びに誘われるものは幸いなるかな」もういちど女房は連禱を唱えた。「恩寵の扉は万人に開かれています。それに備えることこそ、まことの幸せです。あんたお皿ばっかり見てるのね。お腹が空いたんならお食べなさい。まだたんと残ってるから。でも強情はってだんまりを決め込んでちゃいけないわ。悔いと告白がなければ、主の御心にかなうことはできないんだから。それはあんたもよく知っているはず。司祭さまがたびたび壇上から説教してくださったことですもの」

靴直しは手を開き鼈甲の箱を落とした。箱は粉々になった。それから靴直しは頭を上げ、かろうじて聞こえる微かな声で言った。

「懺悔（ざんげ）しろとお前は言うのか。どんな聖者さまの画にもおれは跪（ひざまず）こう。どんな磔刑像にも頭を垂れよう。不安と危惧には十分耐え抜いてきた。しかし懺悔はしない。何も悔いてはいないから。あのときやったことを、おれはこれからもやらないとは限らない。たとえ囚人としてガレー船にまた乗せられようとも」

亭主がガレー船で懲役刑に服していたことを知って、女房は心の底から驚き、恐怖に目を見開いたままそこに座っていた。だが気丈な女だったから、すぐに立ち直って、亭主に動揺を気取らせなかった。

「それじゃあんた、ガレー船にいたのね」まるで何でもないように、それ以外の返答を期待していなかったかのように女房は言った。「むかしモンテレープレで部隊ぜんぶが連行されるのを見たことがある。みんな厩で眠り、将校さんだけが司祭館で部屋を与えられた。一晩中けがらわしい歌を歌ってた。翌朝また連行されて、少尉さんは司祭さまのテーブルに二スクード置いていった――たしかあの人緑色の頭巾をかぶってたっけ」

靴直しは頭をかかえ溜息をついた。

「あんたは長い間船の中にいたの？」しばらくして女房が聞いた。

「長かったなんてもんじゃない。二年かかってやっと脱走した。でもあいつらはどこまでも追っかけてきやがった。カンタンザロで、ピッツォで、そしてバーリで奴らはおれのすぐ後ろまで迫ってた。アヴォラではもう少しで捉まるとこだった。今じゃあいつらはおれをもう探していない、たぶんもう完全に忘れちまってるんだろう。――でも、ついお前に喋っちまって、また心配の種ができた。おれの秘密、あっというまに近所に知れ渡るんじゃないか？　何しろお前ら女は、秘密を自分だけでしまっておくことができないからな。われながら阿呆なことをしたもんだ。聖ペテロさまもおっしゃっているが、平和に暮らそうと思うものは、口をちゃんとつぐんでいることだ」

「あんたは色々話してくれたけど」女房は言った。「もう一つだけ教えてくれない？　どうしてあんたはガレー船に送られたの？　濡れ衣を着せられたんでしょ？」

　靴直しは暗い表情で思いを巡らせていた。

「いや、当然の罰を受けたんだ」やがて彼はつぶやいた。「それを否定したことは一度もない。裁判官の前でさえも。しかしおれがお前に全部話したとて、それでどうなるというんだ。一人の高利貸、吸血鬼みたいな奴をぶち殺した。奴には金持ちで有力な親戚がいたんだが、その親戚の奴らが事を公にして、裁判官がおれをガレー船に送り込むよう仕向けた。ピサでそいつが三度目に担保を取りに来たときのことだ。もう十年も前のことだ」

　思い出の力に圧倒されたように、靴直しは懲役船での生活を縷々語りはじめた。苦みと憤りを交えて豆のスープと黴の生えたパンを語り、赤い上っ張りと作業ズボン、身体検査と暗い船室での綱作りの仕事、鞭打ち、水汲み仕事、鉄でできた三角の首枷を語った。そして熱に浮かされたように立ち上がり、大袈裟な身振りでそこら中を歩き回りながら、どんなふうに逃亡計画に着手したかを女房に聞かせた。

「その夜、おれといっしょに繋がれた男はセルカンビと名乗っていた。ジャコモ・セルカンビとかいったな。そのセルカンビは哀れむべき卑劣漢で、まだ二十歳そこそこだったがなんでもやってのけた。半スクードもやれば十二使徒の鞭打ちも引き受けたろう。奴が眠っている間おれがハッチの鉄棒に鑢を入れていたのに勘づくと、隅に這いより黙って見ていた。奴は悪魔のように狡賢いが、しかしおれはちゃんと見てとった。どんなに奴が、密告の褒美として看守が約束している半リットルの葡萄酒をあてにして心の中でにんまり笑っているかをな。こやつを何とかしなければならない。おれは鎖を手にとって奴の頭を打った、奴は倒れて、すぐくたばった。甲板に見張りに立っていた男をおれはそいつの短刀で刺し殺した。四方八方からおれを目がけて追っ手が来たがなんとか撒くことができた」

そして靴直しは立ったまま、怒りにまかせてその逞しい腕を振り上げた。世界中の捕縛吏や廷丁や看守にもう一度戦いを挑もうとでもいうように。

「こうしておれは三度人を殺した、一度は怒りにかられて。二度目と三度目はやむを得ず。おれが海に飛び込むと、奴らはおれを目がけて盛んに射掛けてきた。もし奴らが射当てていたら、それも殺しということになるのかな――それはともかく、まる二日間おれは海辺の葦の陰に、見つからずに隠れていた」

そして靴直しは語った。さんざん放浪したあげく、ついにパレルモで追っ手から逃れて一息ついたことを。ここでは誰も人のことなど気にしないし、町は大きいし、皆が自分の仕事にかまけているし、おまけに毎日新顔が現われるから、ただの一度も逃げ隠れする必要はなかった。

「だがそれもあの日でお終いになった」と靴直しは続けた。「三か月ほど前のこと、坊主に変装しているあのドン・チェッコがおれの店の前を通りかかったんだ。奴とは囚人船で一緒だった。なんでも文書偽造で公証人を騙したらしい。おれは顔を手で隠し口を歪め頬を膨らませた。だが無駄だった。奴はすぐおれに気づいた。おれはすばやく姿を隠そうとしたが奴は仕事場までついてきて、おれの名を呼び話しかけてきた。おれは再会を喜んだふりをせざるを得なかった。奴はおれの仕事道具と靴革を見、部屋にあった林檎とチーズといい匂いのするベーコンを見てひどく喜んだ。おれがひとかどの男になったことを見て取ったのだな。くどくどとおれの暮らし向きについて話した。そして一旦は帰ったが、夜になると仲間を二人連れてまたやってきた。さっきお前が見たあいつらだ。おれはむりやり奴らの持ち込んで来たものを買わされた。いかにもおれは泥棒の財布の役をしてるが、他にどうしろというんだ。もしおれが断ったら、ためらうことなく裁判所へ知らせるだろう。卑劣な野郎どもだ」

亭主はため息をつき、額の汗を拭った。

「そしてその日から、夜も昼もずっと不安で、心の休まるときがなくなった。嘘じゃない。なにしろ毎週やってきては金をせびるんだ」

女房は目をしばたたいて亭主のやつれた顔を見た。はたして亭主があの三人の泥棒を追い出さなかったのには、のっぴきならない理由があったのだ。しかし、亭主が一切を自白して、ガレー船に戻ったとして、それが神の御心にかなう行いなんだろうか。そんなはずはない。そんなことが神さまの本当のお気持ちのはずはない。あたしがこうして全てを知った今では、ものごとはあるがままにしておくのが一番いい。でもひとつだけ気がかりがある。女房はそれを口に出した。

「罪のない人なんてどこにもいやしない。あんた一人だけが罪人なんて考えちゃいけないわ。どうせあいつらが捕まるのも時間の問題だろうけど、そのときあいつら、あんたのことを漏らすんじゃないかしら。首の周りに縄がかかると舌のすべりがよくなるって言うから」

「いや」と靴直しは言った。「それは大丈夫だ。あれら泥棒にも泥棒なりの矜持(きょうじ)があって、絞首台にひったてられても、仲間を裏切ることだけは絶対にない。奴らが頭と呼んでいる、あの口の利けない奴にしても、タレントじゃ拷問で火炙(ひあぶ)りにされたんだが、それでもついに白状しなかった。顔のものすごい火傷をお前も見たろ」

「それじゃ」女房はすっかり安心して言った。「あたしが腹をくくりさえすればいいんだね。わかったわ。今後あんたが仕事場の中であの三人と何をしようが、あたしは一切知らない振りをする。それからあんたの来世の幸福、つまり神の赦しのことなんだけど、神さまはあんたの行為をお赦しになると思うわ。教会や礼拝堂から盗んだ者さえ、神はお赦しになったことをあたし知っているもの。そういうのって、あんたの場合とは比較にならないくらいの大罪なんだからね。もちろん、あんたには悔い改めの懺悔をしてもらうし、神の御心にかなう善行を積んでもらわなくちゃならないけど――さしあたって、あんたはあたしにお金を渡してもらわないと。明日にでも、そこの精霊教会に行って、縁飾りが新しくなっているか、壁龕（へきがん）を塗り替えなきゃならないか、割れた窓ガラスを入れ替えなければならないか聞いてみるわ。そんなふうに、神の御心に適う機会はあちこちにあるから、それを利用しないって手はないものね。それからキリストさまと殉教者の絵の前の蠟燭も忘れちゃだめ。蠟燭なんかそんな高いもんじゃないし、安く買えるところもあたしは知ってる。そのあいだあんたは、盗品の売り買いで儲けたお金がいくらになるか計算して、その全額を――」

「儲けただって？」靴直しはあきれて言った。「お前正気か？　奴らが持ち込むものと言やあ、おんぼろがらくたばっかりで、ほとんどごみといっしょに捨てちまったよ。役立たずな廃物ばっかりなんだ。今日だって撒き砂の箱だ、いったいおれが撒き砂に何の用があるってんだい？　それなのに十二スクードよこせだとよ。お前だって聞いたろ？　あの屑全部合わせたって二スクードになるかどうか。あの馬具が一番ましだがそれにしたって――」

亭主は盗品の馬具を調べるため仕事場に行ったが、すぐ当惑した顔で戻ってきた。

「あいつら持って行きやがった。こんなことは一度もなかったがな。ありゃ騾馬に載せるには重過ぎるし、革が擦り切れてる。ええい十二スクード、上等じゃないか！　神に栄光あれだ！　もう蠟燭だろうが壁龕の塗り替えだろうが何でも気の済むようにやってくれ！」

そして靴直しは長持を開け、革屑や真鍮の釦(ぼたん)やガラスの破片、木釘や壊れた器などと一緒に布切れにくるんで入れてある所持金から、手の切れるようなデュカート金貨と何枚かの銀貨を取り出した。

「ここに十五スクードある」彼は言った。「これで絞刑吏も悪党もガレー船も罪も何もかも退散させてくれ。まったく、誰もかれも、よってたかっておれのなけなしの金をむしりとりやがる」

女房は十五スクードを受け取り、掌に載せた。

「あんたにはあんたの罪があるように、あたしにもあたしの罪がある」靴直しが長持を閉めるのを見ながら彼女は溜息をついた。「ずっと前から、神さまの御心にかなう善い行いをするのが、あたしの願いだった。ただあんたにそれを打ち明ける勇気が出なかったのさ」

そこで彼女は言いよどみ、床に目を落とした。

「実は、司祭さまのところでご奉公する前は、あたしは尼だった。修道請願も済ましたし、神への服従も誓った。尼僧院長さまさえご健在ならばよかったんだけど、あいにく天然痘で――」

「いったい何を言い出すんだ？」長持から振り返って靴直しは言った。「なぜいきなり尼僧院長や尼さんや服従や天然痘の話になった」

「あたし」女房が言った。「あたしが尼だったの。神にお仕えしていたのよ。でも、神よ許したまえ、あたしは修道院から逃げてきたのです」

それが嘘でないことを示すため、女房は炬火（たいまつ）を振っている天使と三本の百合のしるしがはいった、修道院の肌着、寝衣、敷布、二枚の瀉血（しゃけつ）用の布、聖週間の本や陶器の壺を持ってきて亭主に見せた。

次の日の夜、泥棒たちとの取引を済ませた靴直しが寝室に戻ると、女房はまだ起きていた。灯りをつけたまま、枕を脇にやり、背を真っ直ぐに伸ばし寝床の上に座っている。

「なんでお前まだ起きてるんだ」彼はたずねた。「また盗み聞きでもしてたのか」

「ちがうわ。聞き耳を立ててたんじゃない」女房が言った。「あんたたちの誰かが壁や扉を叩いてたから、そこで寝ぼけて思ったの。朝課に行かなくちゃって」

「朝課だと」靴直しはあくびしながら上着を脱いだ。「おれにはちんぷんかんぷんだ」

「夜中の十二時になって」女房は教えた。「戸が叩かれると、誰もが寝台から起きて神の栄光を讃える合唱に加わらなきゃいけないの。寝巻きの上から僧服を着るんだけど、それでも凍えるように寒くて、手にふうふう息を吐きかけた。それが朝課。二時にまた寝床に入れるとうれしかった」

靴直しは灯りを消して身を横たえたが、女房は話し続けた。

「そして五時半ごろ、夏だと四時にはまた起き出して聖務日課がはじまり、すぐそのあと聖体秘蹟の儀式があるの。尼僧院長さまはもちろん、もうお年だから二週間にいっぺんしか参加されないけど、あたしは欠席を許されなかった。たとえ瀉血のすぐ後でもなのよ。それから日に七度合唱に加わらなくちゃだめだし、その合間のすべての教会法で定められた時間に司教座聖堂参事会ミサと六時課と九時課、それからまた聖餐と連禱、それから精進日にミゼレの祈り、マリアさまの祝日には行列祈禱――ときには部屋をきれいに掃く暇さえなかった」

「おれたちだって船じゃ」靴直しが割って入った。「間違いなくもっとたくさん仕事があった。おまけに水のようなスープさえ配給されない。ポンプの水汲みは連禱とはまるで違う。皮膚の上から骨がわかるほどこきつかわれるんだ。お前にも想像がつくだろう。それにしても尼になって最悪なことは、朝から晩まで女しか周りにいないっていうことじゃないかな」

「男の人だって修道院にいた」女房が言った。「尼僧院長さまの懺悔を聞く礼拝堂の司祭さま。それから管理人と庭師も男だった。あの庭師の人に祝福がありますように！あの人があたしの逃げるのを助けてくれたんです。並大抵なことじゃなかった。鍵の鋳型が必要だったんだけど、あたしは蠟を持ってなかった」

「蠟？　何のために？」彼は布団の中から聞いた。「鋳型なら柔らかいパンで取れる。知らないのか？　一晩もたてばパンは石みたいにコチコチになる。第一、修道院なら蠟燭はもちろんあるだろ」

「蠟燭もランプもなかったの」女房が説明した。「なにしろ日が暮れたらすぐ寝なきゃなんなかったもの。院長さまはすごい締まり屋だったから。それに疑い深いたちで、たびたびあたしを呼んではきついことを言うの。一度灯りをお願いしたときは、それはもう天地がひっくり返るほどの騒ぎだったわ」

「お前たち女は、どうしようもないな」靴直しがぶつぶつ言った。「よく聞けよ。ベーコンの一切れをちぎり取って、古い木綿のナイトキャップを芯に使えば立派にランプの代用になるのさ。この手のことなら男にまかせとけだ」

「だから、欲しかったのはランプじゃなくて蠟なんだってば」女房が言った。「院長さまが亡くなったとき、あたしはミサに使う、二ポンドくらいの蠟燭をこっそり持ち出した。幸いそれが無くなったことに誰も気づかなかった。二週間のあいだあたしはそれを隠し持っていて、それから庭師に鍵の鋳型を持っていった。彼は錫を買いに行った。それに世俗の服もその人が用意してくれたの」

「お前の話を聞いてると、お前らの逃亡ごっこなんてガキの遊びみたいなもんだ。さっきも言ったが、おれの場合なんか、誰も助けてくれず、何もかも一人で頭を絞って考えにゃならなかった。例えばおれには髭剃りが必要だった。脱走できないよう、髭を左右ちぐはぐに剃られてたからな。どうしたと思う？　簡単なことさ、看守からパン切りナイフをちょろまかして髭を剃ったさ。なんとかなるもんだ」

「そりゃあんたにゃ、あたしの脱走なんか容易いことかもしれないけどね」女房は認めた。「でもあたしだって不安にさんざん耐えてきたんだよ。庭師の他にはあたしのやったことを知ってる人はいないはずだけど、もし修道女たちの誰かがあたしを見たとしたら、あたしきっと顔色を変えるに違いない。あの修道女の人たち！　みんなどうしてるのかしら？　いまでも皆の顔が眼に浮かぶ。七つの剣のモニカ尼は、相変わらず会計係なのかしら？　三位一体のシリラ尼はついに副尼僧院長になったのかしら？　聖なる秘蹟のフルメンティア尼は晩餐の席で詩篇の朗読をしたことがあった。それから実体変化のセラフィカ尼と救世主顕現のコルンバーナ尼――」

「いいかげんにしないか！　なんなんだそいつらは！」靴直しは叫んだ。「腹の皮がよじれるぜ！　三位一体のシリラ尼！――尼っちょたちが灰色の法衣で街をちょこまか歩いてるのを見て、おれは昔、あいつらにちょっかいをかけてみたらさぞかし愉快なことになるんじゃないかと思ったりもしたが、それはともかく、お前の名はなんだったんだい？」

「久遠の光のシンフォローザ尼」小さな声で女房は言った。

「久遠のひかりい？」靴直しは鶏のような奇声をあげた。そして寝床から跳ね起き狂ったように笑い出した。そんな大層な名をかつて持っていた女と床を共にしたことが、たまらなくおかしかったのだ。

　靴直しはその晩上機嫌だった。というのも十二スクードを取りにやってきた例の三人の泥棒をうまく丸め込んで、その半額に半リットルの葡萄酒のおまけをつけて満足させた後だったからだ。

　クリスマスの前夜、女房は男の子を産んだ。竈の前で陣痛に襲われたが、急いで隣家に駆け込みかろうじて事なきを得た。靴直しは革を買い付けに遠出していた。彼が帰宅したとき、隣家の香料商人の女房が玄関の扉の前に立っていて言った。

「お父さん、帽子をとって中にお入り。男の子だったよ」

靴直しが部屋に入ると、女房は寝床でぼんやりと眠そうに横になっていて、目は今にも閉じそうだった。ゆりかごがないので赤ん坊は籠の中に寝かせられていた。炉には薪が燃えていた。敷布は産婦のために暖められていて、深鍋には夕食のスープが煮えたっていた。

「大きくて元気な坊ちゃんでしょう」靴直しが屈んで籠を覗き込むと隣家の女は言った。「何もかもうまくいったわ。ちょうど鶏に餌をやろうとしてたところだったんだけど、そこにあんたのおかみさんが駆け込んで来たの。一目見て何が起こったのかわかった。『心配しないで！』と言ってあげたの。『赤ちゃんなら四人も取り上げたから』――ほら、お父さん、赤ちゃんをよく見てごらんなさい。ちょうど目を開けたところ。あなたの赤ちゃんに幸福がありますように」

靴直しは籠と赤ん坊と白い敷布をかわるがわる見た。隣家の女はさらに続けた。

「クリスマス・イブに生まれた子はたいてい司祭さまや聖職者になり、なかには説教者になる人もいるそうよ。復活祭に生まれた子はろくでなしになるそうだけどね。神さまがお認めになれば、司教さまにさえなれるわ。これからは倹約しなくちゃね、靴屋さん。学問を修めるにはお金がかかるって言うから」

「こいつは靴直しにするんだ」と靴直しは横目で女房の反応をうかがいながら言った。「靴直しと神学者じゃ大違いだが、それでも世間の役に立つ真面目な人間には変わりはないし、腕前を知ってる人からは一目置かれるもんだ。靴を持っておれの仕事場に来る客はいつも満足して帰る。そりゃ中には文句を言う客もいるけど、そんな奴はどこにだっているさ。学問が一体何になる？　たとえミサ典書を読めなくても、そのためにかえってもいいキリスト者になることだってあるだろうよ」

そして靴直しはその無骨な指で赤ん坊の額に触れ、ゆっくりと慎重に十字架を描いた。赤ん坊は口を歪めて泣きだした。叫びはだんだんと激しくなり、ついには真っ青な顔色でのた打ち回った。

「止めなさい。可哀想に！」香料商人の妻は叫んだ。「汚れた指でお顔をペチペチやらないでよ。瀝青の臭いがするわ。とっとと仕事場にお行き。あんたが驚かせたもんだから怖がって泣いてるじゃないの」

そして当惑している靴直しを脇へどかして、泣いている子をあやすため籠から取りあげた。

「あの子によくしておやり、リッポ」寝床から女房が弱弱しい声で言った。「可愛がってあげて。あそこの竈にスープが載ってるわ。熱いから気をつけてね」


その夜靴直しは夢をみた。

海辺に立つ自分が見えた。テルミニから玉葱の荷を積んで来る小船がいつも荷揚げする場所に、靴直しは赤ん坊が入った籠を手に立っていた。港はさびれていた。一艘の船も、一隻の艀も、一人の人間の姿もなく、あたりは静まりかえり、波が岸を洗う音だけが聞こえた。靴直しは不意に三人の男が遠くから自分の方に来るのに気づいた。一人は北から、一人は南から、そして三人目は海を越えてやってきた。近づくにつれ、三人が揃って金の冠に金の靴を身につけ、肩に深紅のマントを羽織っているのがわかった。赤ん坊の前で三人は地にひれ伏し、ひとりずつ贈り物を捧げた。それは金でも乳香でも没薬(もつやく)でもなく、一人目の贈り物は瀝青、二人目は硫黄、三人目はタールだった。

そこで靴直しは目を覚ました、自分では解けない奇妙な夢の情景に驚きながら、ゆっくりと起き上がった。月の光が部屋に差しこんで壁の洗礼者ヨハネの絵を照らしている。聖ヨハネは闇からこちらを見つめ、今にも絵から抜けて彼に話しかけそうだった。しばらくの間靴直しは寝台の上で背をのばして座っていたが、やがて疲れに負けて、瞼を閉じてふたたび寝台に倒れこんだ。

もう海辺にはおらず、仕事場の腰掛に座っていて、作業机の上には革と針金と錐(きり)があった。壁を透かして、四方八方から何ものかが自分目がけて押し寄せるのが見えた。おびただしい数のそれらは、港の蔵から搬出された荷物のような不恰好な姿をしていた。米袋や黍(きび)袋や穀物袋の群れが、樽から、皮嚢(かわぶくろ)から、荷箱から、梱(こり)からまろび出て、転がり、跳ね回り、よろめき、押し合いへしあいしながら家の周りに押しかけ、窓を叩くわ、戸にぶつかるわ、屋根の上で騒々しく暴れまわるわ、壁を引っ掻くわしながら、われがちに家の中に押し入ろうとしたちょうどそのとき、雲の上から声が聞こえた。「これら全世界の罪禍なり。今日生を受けたるものに靡(なび)かんとて皆ここに参上せり」

そこで靴直しは夢から醒めた。全身が震え、額から汗が吹き出ていた。女房もあの声を聞いたに違いないと思って傍らを見やった。しかし女房はぐっすり寝入っていた。月の光はさきほどと同じく洗礼者の上に落ちていて、靴直しは聖者の警告するように掲げられた手を見分けることができた。聖画はなお一瞬光を浴びて輝いたのち、闇に沈んだ。

次の日靴直しは口もきかず一日中物思いに沈んでいた。朝早く自分と妻のために料理を作り、それから仕事場に閉じこもった。女房は平日と同じように靴底を叩く音を聞いた。一度部屋に来て、数分ほど黙って籠の中で眠る赤ん坊を見下ろした。

やっと午後遅く、あたりが暗くなりかけるころになって、靴直しは今日が祝日なことに気がついた。そこで祝日用の青い上着を長持から取り出すと、念入りに満遍なくブラシをかけた。そして女房の寝床へ行った。

「おれは赤ん坊の代父になってくれる人を探しに行ってくる。一時間ほどで戻るから、そのまま寝てるがいい。隣の人に言ってここに来てもらう。起きようなんて思うなよ。騾馬にはもうおれが餌をやった」

「代父の人なんて今さら探さなくていいのよ」と女房は言った。「モンセラータ通りの、あの大きな水溜めのちょうど向かいの、家禽商人のスカルツァさんのところに行くがいいわ。あの人はもうずっとせんから、あたしたちに子供ができたら洗礼に立ち会うって言ってくれてるの。だからもう決まったようなものよ。あの人お金持ちだから、祝い金もはずんでくれると思う。もしかすると去勢鶏もお祝いにくれるかもしれない。でもあの人耳が遠いから、大きな声で話さなくちゃだめよ。それから犬に気をつけて。茶色の大きな犬ですぐ嚙みつくの。鎖で繫がれてないときは、庭に入っちゃだめ」

靴直しはマントと帽子を取って部屋を出た。

彼はこの町に、長い間にわたってあらゆる大学で学問を修めた理学博士が住んでいることを知っていた。あちこちから人々が遠きをいとわず、助言を得ようと彼のところに馬車で駆けつけていた。靴直しは今日は青い晴れ着を着ていたので、博士の家の前まで来ると、臆することなく中に入った。

真っ赤な上着を着た医者が机の前にいた。机の上には蠟燭が二本灯っていて、その間には、本や書類に混じり蔓が置いてあった。医者は禿げた頭のてっぺんに小さな赤いビロードの帽子を載せ、手には小さなフラスコを持ち、それを振りながら日に透かしていた。靴直しが入口の戸の脇で立って待っているのを、ちらりと見やったが、やがて目配せして近くに招き寄せた。

「どうした？　どこが痛むんだね」

「先生――」彼は口ごもり、言おうとすることをまとめるため黙った。

医者が改めて見ると、そこにいるのは、がっしりとした体格の、いかにも健康そうな赤ら顔の大男ではないか。医者は畳みかけるように尋ねた。

「患者はどこだね。どうして連れてこなかった。家で寝ているのかい」

「わたしの女房なら」靴直しは言った。「子を産んだばかりでまだ寝床にいます。でも隣の香料商人の奥さんがそばについていますし、どのみち明日には起き上がって仕事ができるようになるでしょう」

「患者はどうした」医者は遮（さえぎ）りふたたびフラスコを手に取った。

「わたしが患者なんです、先生。昨晩、いや今朝がた、なんか変なものを見たんですが、それが何なのかを先生に解き明かしていただこうと思い参りました」

「きのう何を見たって？」

「夢です」靴直しは再び頼んだ。「先生にそれを解き明かしていただきたいのですが」

　医者はフラスコを机の上に置き言った。

「いいかね、君は来る場所を間違えたようだ。わしに夢判断の心得はない」

　それは嘘としか靴直しには思えなかった。だってこの部屋は秘密めいたもので一杯じゃないか。あっちにもこっちにも変な壜があるし、隅には片手を威嚇するように挙げた骸骨が立っている。机の上で緑色に輝いているあれは賢者の石じゃないのか。それに、棚を見ると本が積み重なっている。あれを全部読んだ人なら、夢を解き明かすことくらい屁でもなかろう。

「先生はわたしを一文無しと思ってやしませんか」靴直しはそう聞いた。「確かにそう見えるかもしれません。でもお代ならちゃんと払えます。それにその夢は聖ヨハネさまが遣わしたものなのです」

「いいかげんにせんか！」博士は言った。「いいかね君、わしは医者だよ。もし君が階段を踏み外して肋骨でも折ったのなら、ちゃんと骨接ぎをしてあげる。それならいささか心得があるんでな。しかし夢のことなんかでわしをわずらわせないでくれたまえ！平安と祝福を祈ってやるからもう帰ってくれ！」

そしてもう靴直しは眼中にないといった感じで、蠟燭を手近に引き寄せ本を開いて読み始めた。

「へん、ペストにでもかかってくたばってしまえ！　神がお前の魂を滅ぼし給うように！」自分をただの骨折患者と間違えた医者のけんもほろろな扱いに気分を害して、靴直しは悪態をついた。そして背を向け歩き去った。

市(まち)を出て一時間ほど歩いたところにあるパンクラティウス門の裏に、老いた農夫が住んでいた。彼はターレル金貨一枚、すなわち三スクードの報酬で家畜の病気に処方を書いていたが、一方聖書にも極めて造詣が深かった。靴直しは彼を訪ね、洗礼者ヨハネから夢を授かったと話した。

「洗礼者ヨハネさまが夢を授けるなんてことはありえない」聖書学の権威はそうたしな

めた。「あのお方は天国で別のことに従事しておられる。恐水症に悩む者が神さまへ執り成しを頼むためあのお方に願うのだ。それから牛飼いたちの守護聖者さまでもある。もし聖ヨハネさまがお前に夢を授けたのだったら、それは福音書をお書きになったヨハネさまでしかありえん。今の奴はなんでもかんでも、聖者さまの名前さえ取り違えおる」

農夫は天然痘の後遺症の鼻声でそう言った。

「そのヨハネさまであろうと他のヨハネさまであろうと」靴直しが言った。「そもそもどのヨハネさまか自分にはわからないです。とにかくその方の絵がわたしの部屋にかかっていてわたしは毎日それを見ています」

そして靴直しはキリストの教えに造詣の深いその男に、自分が見た夢を語ってきかせた。三人の王とその贈り物のこと、自分の家に巡礼に来た、おびただしい数の頭のない者どものこと、それから雲の上から響いてきた声のことを。

老人は立ち上がり、ミルクを噴きこぼしそうな鍋を竈の火から遠ざけた。そして戻ってくると十字を切って言った。

「瀝青、硫黄、タール、まさにそう記されておる。よくお聞き、靴屋さん。あんたが見た三人は、地獄の王たちだ。あんたはアンチクリストの夢を見たんだ」

「アンチクリスト」靴直しは口ごもった。顔から血の気が引き、立ち上がろうとしたものの、また椅子に倒れこみ、大きく見開いた目で老人を見つめた。

「聖書にはこう書かれておる」老人は鼻声で続けた。「聖ヨハネさまはこう予言された。大いなる詐欺師にして偽預言者アンチクリストが誕生し、徴(しるし)を顕わし奇跡を起こすであろう。それは多くの魂を惑わし、信者たちはあらゆるところから押しかけるであろう。やがてそれは秘密の同盟の頭となり、聖なる教会に名状しがたい損害をもたらすであろう。その行くところ、戦争と擾乱、略奪と病疫が蔓延するであろう。神は七つの怒りの器を人間に注ぎかけるであろうから」

気力を振るい起こして靴直しはたずねた。「いったいどうやってカトリック教徒はその偽預言者、教会の敵を見分けるのですか」

「われらが主キリストさまと同じく、それはクリスマス前夜に生まれることになっておる。そしてその父は逃亡した殺人者、その母は出奔した尼だ、そう記されておる」

靴直しは黙って聞いていた。老人は竈からミルク鍋を下ろし、一口啜(すす)った。白いしずくが彼の髭にひっかかっていた。

「こんな夢を遣わすのは福音書をお書きになったヨハネさましかおらん」老人はふたたび話しだした。「洗礼者ヨハネさまと福音書記者ヨハネさまは同じ方ではない。信ずべき報告によると、お二人は天国で必ずしも仲良く暮らしてはいないという。聖者さまのお集まり(コミュニオン)でもほとんど目をあわせず、聖母マリアさまと御子の御前で喧嘩をはじめたことも一度ならずあるそうだ。あんたもお二方をちゃんと区別することだな」

そこで老人はターレル金貨を要求し、それを懐におさめた。

靴直しは宵闇のなか、帰り道をたどった。心は不安で裂けんばかりだった。道の左右のオリーブの樹が風でざわめき、空は硫黄や瀝青やタールの色をした雲で覆われていた。まるでヴェッテュリーニ街の靴直しの家でアンチクリストが誕生したことを全世界に告げ知らせようとするかのように、雲は遠くへ流れていった。

家に帰ると部屋に隣家のおかみさんがいて、静かに爪先立ちで歩くよう靴屋に目配せした。産婦がちょうど寝入ったところだったのだ。そして世界のあらゆる罪禍が靡くはずの赤子は木桶に入れられて、隣人はその皮膚に獣脂を擦り込んでいた。

木曜に赤子は洗礼を受け、その翌日、靴直しの女房は床を磨くために水桶を手に仕事場に入った。靴直しは腰掛に掛けてはいたが仕事はしておらず、その様子を女房は心配そうに眺めた。というのもここ何日か一言も靴直しは口をきかず、ずっと座ったままぼんやりあらぬ方を見ているのだが、女房には亭主がなぜこんなに変わってしまったかわからなかった。

女房は雑巾を水桶に浸し、それを絞りながら最近聞いた近所の噂を色々話しはじめた。亭主が口を利くきっかけにでもなればと思ったからだ。

「向かいの穀物商人のとこでは、家を取り壊してもっと大きなのを建てるそうよ。でも、どうやってお金を用意していいかわからないらしいの。左官屋さんに払うお金ひとつにしても、そりゃ大変なものだから」

靴直しは返事をしなかった。女房は雑巾とモップで床を磨きながら続けた。

「万引きの話は相変わらずよく聞くし、パン焼き釜もしょっちゅう荒らされてる、見張りや監督や委員会なんか、何の役にも立ちゃしない。貧しい人は見つけ次第パンを取るけど、それも無理がないの。だってがめつい商人たちのせいで、お天気続きで収穫もいいのに、物価が高いんですもの。サフランに今度は新しい税がかかるって香料商人の奥さんが言ってたわ」

靴直しが黙ったままなので、女房はますます不安になり、心はますます重くなった。亭主の気を晴らす方法が他に思いつかなかったので、洗礼のことを話すことにした。亭主も聞いたら喜ぶと思ったから。

「町中の人が教会に集まったみたいだったのよ」彼女は説明した。「百人以上の人がいたの。もちろん、わざわざ数えたわけじゃないけど。カラッファ侯爵も金の十字架と金の帯を身に着けていらっしゃったわ。あの方は聖ヤヌアリウスの位階をお持ちの騎士なの。そこにいた人がそう教えてくれた。でも侯爵はあたしたちのためにそこにいたわけじゃなくて、いつもの習慣で無垢教会に来たのかもしれない。とにかく侯爵はあたしたちを知りませんでした、それともあなたがあの人を知ってる？　国王さまが今年あの人に素晴らしい白馬と七千ドゥカートを持たせてローマの教皇さまへ遣わすんだって。そうそう、あの仕立て屋があそこにいたの。あなたが喧嘩した、あのカプチナー街の仕立て屋、あなたが薄汚いこそ泥と呼んでいたあの人。あの人も教会にいたの。隅の方にへばり付いてたんで、あたしからは見えないと思っていたみたいなんだけど、ちゃんと見たわ。とにかく疲れちゃって、もうすこしで立ったまま眠るところだった」

そして女房の思いは眠りから連想して寝室に向かい赤ん坊に達した。雑巾を持ったままの手が留守になり、水は平らな小川になって床の上を流れていった。

「あの子眠ってるわ」彼女は言った。「お乳をやったらすぐ籠の中で寝てしまったの。あたしたちが急に三人になるって、ずいぶん変じゃない？」

靴直しは黙ったまま床を見つめ、返事をしなかった。

「もう三年か四年すると、あんたはあの子を嗅ぎ煙草を買いにお使いにやるようになるわ」と女房は喋り続けた。「時間なんかあっという間に経つから、すぐに『父ちゃんにモロッコ煙草を二オンス半、それも一番いいのをちょうだい』なんて言いだすわ。なんだかその声が今から聞こえるよう。いまでは泣くためにしか口を開かないけど。あの子明かりが嫌いなの。お昼なんか、お日さまが顔にあたるとぎゅっと目をつむるんだけど、あんたもその様子をいっぺん自分でみるがいいわ。もう三週間もたてばあの子、籠からはみでちゃうわ。なにか別のものを用意しとかなくっちゃ。なにしろもう髪の毛が薄く生えていて、やはり薄いけど眉もあるのよ」

「奴が死んだら、美しい通夜曲を奴のために歌わせよう」靴直しが唐突に口を挟んだ。

女房は肝をつぶして飛び上がった。湿った雑巾が音を立てて床に落ちた。

「おお神さま、あんたなんてこと言うの？　冗談にも言っていいことと悪いことがあるわ。どっからそんなこと思いついたの。通夜曲なんて縁起でもない！　神よ護りたまえ、瘡蓋（かさぶた）一つさえ赤ちゃんにできませんように」

その夜、かすかな叫び声をあげて女房は目覚めた。夢のなかで通夜曲を歌う三人の悲嘆の声を聞いたのだ。それから棺を運ぶ二人の男、墓地の淋しい緑の草原（くさはら）、掘ったばかりでまだ湿っている墓穴を見た。みんな夢でよかったと思いながら女房は半身を起こした。灯りが顔にあたったので見ると、亭主が蠟燭を片手に、枕を別の手に持って部屋の真ん中に立っている。大きく口を開けた、青ざめた顔で、眠る赤子の上に屈（かが）んでじっと見つめる姿に、彼女は軽い胸騒ぎを感じた。それが何を意味するのかわからなかったが、朝方亭主の口から聞いた言葉、いま見た夢、そして手に持つ枕、すべてが彼女の心を得体の知れない怯えと不安で一杯にした。

「何してるの」女房は声をかけた。「まだ暗いわ。どうして起きてるの」

靴直しは首を声のほうに回すと、眉をひそめ、怒気をふくんだ目で彼女をにらんだ。

「床にはいってじっとしてろ」靴直しは言った。「やらなきゃならないんだ。お前に話したって無駄だ」

「何をやらなきゃならないの」女房が叫んだ。「神よ御慈悲を。あんた何をやろうとしてるの。その枕で」

「神のみぞ知る。お前は余計な口出しをするな」亭主はどなりつけた。「寝床にいろといったろう。そしてこれ以上聞かないでくれ。やらなきゃならんのだ」

一瞬のうちに女房は飛び起きて亭主と赤ん坊の間に割ってはいった。冷たい隙間風が部屋を流れ、亭主が手に持った灯りをちらつかせた。しばらくの間、二人はそのまま黙って立っていた。胸を突き合わせ、向かい合って。やがて靴直しは目を逸らせてつぶやいた。

「今夜は寒いな。あんまり寒いので目が覚めちまった。赤ん坊が凍えないか気になって、何かでくるんでやろうと思ったんだ」

亭主は枕を床に落とし、寝床に戻った。

女房はしかし、亭主の表情から恐ろしい真実を読みとっていた。

体中を震わせながら、彼女は籠から赤子を取り上げると自分の寝床に連れていった。

そして赤子をわが身から離さず、一晩中起きていた。

靴直しは朝早く家を出ると、三人の泥棒を捜しに港のほうに向かった。相談したいことがあったのだ。

その日は寒くじめついていた。雨が滝のように空から落ち、通りを行くわずかばかりの人も雨宿りできるところに急いでいた。酒場や小料理屋はどこも満杯で、靴直しは〈アネモネ亭〉〈やまぎし亭〉〈バッカスの寺院〉〈青鳩〉〈コルシカ島〉とずぶぬれになりながら三人を探し歩き、やっと午後遅くになって〈パスカル叔父さんの店〉で連中を見つけた。それは農夫らが市(いち)からの帰り道に立ち寄る、郊外の小さな店だった。

貴族と坊主は他の客から離れて隅のほうに陣取り、二人きりでカルタ遊びをしながら、周りの農夫の中に鴨にできる相手はいないかと物色していた。金の必要があったからだ。物言わぬ頭(かしら)は二人の脇で頬杖をつき、傍目(はため)からは眠っているように見えた。靴直しは二人の隣に座り、勝負を眺めていたが、しばらくの間は「キングで行け」「ダイヤのエースを捨てろ」しか言わなかった。そのようにして時間が過ぎていくうち、ついに雨も上がり、農夫たちは一人また一人と空の籠を手に去っていった。

やがて酒場にほとんど人がいなくなり、靴直しが勝負を見物するために仕事を放り出してきたのではないことはたやすく察しがついたので、坊主はカルタを投げ出して言った。

「おい靴屋、金は持ってきたか？　今日のおれらは儲け話以外は聞く耳を持たねえ。そのたぐいの話なら言ってもらおう。さもなきゃとっとと帰れ」

「儲け話？　もちろんだ」靴直しは小声で答えながら、聞いてるものはないかとこっそりあたりをうかがった。「四十スクードが手に入る」

「四十スクードか」坊主は満足そうにくつくつ笑った「サー・トマスよ聞いたか？　四十スクードだとよ。おれとわが親愛なる友サー・トマスは、ここ二日というもの、びた一文財布になかったし、頭にしてもからっけつだもんだから、ひたすらここで大人しく座って、騾馬みたく飲み食いしてる酔いどれ百姓どもを眺めてるしかなかった。葡萄酒の一本もふるまってくれる慈悲深い奴はどこにもいねえ。奴らときたら、ただひたすら呑み屋に御輿（みこし）を据え、拳でテーブルをがんがん叩きながら、キリストさまに誓う、それだけよ。へん、キリスト教徒が聞いてあきれらあ――」

「無駄口はそれまでだ」とイギリス人が喉声で言った。「靴屋よ、それで四十スクードはどうした」

「ここにある」と靴直しは言って自分のポケットを指した。「金なら持って来た。ただし、ちょっとしたことを片付けてもらいたい。もちろん、おれが払う前にだ――」

再び靴直しは周りを恐る恐る見回した。誰もこちらを見ていないことを確かめた上でテーブルの下で人を突き刺すしぐさをした。手は震え、額は汗で濡れていた。

貴族は坊主を見、坊主は貴族を見た。そしてうなずきあい、笑い出した。坊主はうれしそうにくつくつ笑って言った。

「お前わかったか、サー・トマスよ。靴屋には女房がいて、女房には色がいて、そいつが三インチほど刃物を食らいたいとよ、結婚式のケーキを皆に切り分けるようにな。靴屋よ、一つだけ教えてくれ、そいつは貴族の出か？　貴族ならわれらの頭の出番だ。なにしろ頭のフェンシングの腕前ときたら、悪魔が取り憑いてるとしか思えん」

黒衣の男はゆっくりと頭を上げ、靴直しを探るように見た。

「われらの親分は」坊主は続けた。「貴族の末裔だからな。ピサかフィレンツェか、そこらへんの名家の出だ。お前が錐をうまく扱うのと同じくらい、頭は剣の扱いがうまいのさ」

靴直しは首を振った。

「相手は貴族じゃない。平民の出だ」

「じゃフェンシングの出番はないな」坊主が言った。「頭は下々のものと争いはなさらん。靴屋よ、それじゃ四十スクードでいい薬を売ってやろう。これを飲んだ奴はたちまちお陀仏で、どんな名医だって死因がわからない。スブリミエルテル・メルクレウス。見た目は塩にそっくりの白い粉だ。鶏肉パイにでも仕込めば完璧だ」

「そいつはパイは食わないんだ」小声で靴直しは言った。

「パンケーキだっていいんだぜ」

「パンケーキも食わないんだ」

「阿呆かお前は。そんじゃ葡萄酒にでも振り掛けるんだな。それで一件落着よ」

「葡萄酒も飲まないんだよ」

「何だって」坊主は叫んだ。「葡萄酒も飲まない？　お前の女房はトルコ人とでも乳繰りあってるのかい」

「誰だろうと構わん」イギリス人が喉声で言った。「とにかくその四十スクードを見せてくれりゃ取引成立だ。ムーア人だろうがトルコ野郎だろうがロマだろうが、そいつの居所さえ言ってくれりゃな」

「お前たちが今夜家に来たら会わせてやる」靴直しが言った。「家の戸は開けておこう。でも問答無用で一気に片付けてくれ。なにしろ女房が――」

「いいから四十スクードよこせ」坊主が口をはさんだ。「よし、テーブルの上で勘定してみろ！　おれたちに任せとけ、そいつは名を名乗る暇さえないだろうよ。どこの誰か言う前に事切れてるって寸法だ。ところで、そいつの図体はでかいのか」

「小さい、とても小さい」悲しそうに靴直しは言った「ものすごく簡単な仕事だ。ああ、おれが自分でできればなあ、だが神よ、それだけはできん」

「でかかろうがちびだろうが」坊主が言った。「いったん取り決めた値は変更しない。小さな魚をつかまえるのがしばしば一番難しかったりするからな」

人類を最悪の敵アンチクリストから救済するよう自分の運命は定められており、そのために神より選び出されたことを確信したときから——そのときから靴直しはずっと頭に血の昇った状態にあった。わが子に対して神の意志の執行者にならねばならぬと考えると全身に震えがきた。そして不安や憐憫（れんびん）や気後れに負けてしまうのではないかと恐れて、三人の盗人に助太刀を頼んだのだった。そして今、事は自分の手を離れたので、靴直しは気持ちがすこし楽になった。

しかし、一つのことがまだ残っている。女房に自分の産んだ子の正体を告げねばならない。世界を破滅させる存在を、女房が寝室で愛し育（はぐく）んでいるという事実は、もうこれ以上隠しておけない。あいつも真実を知ったあかつきには、神のおぼしめしのままに事を成就させるだろう。そのことについて靴直しは疑わなかった。なにしろ女房はいつもおれに従順で、おれの言うことを尊重してくれ、おれたちの間にいさかいは一度も起きなかったのだから。

靴直しが帰宅すると仕事場は暗くなっていたが、寝室には灯りがともっていた。女房は赤子を湯浴みさせようと竈で湯を沸かしていた。おむつを脱がすと、百もの風変わりな名で呼びながら、子供を高々と掲げた。

「ここにいるのは誰かな」と言いながら、髪の発育に効く乾燥したカモミールの花を湯に投げ入れ、さらに疥癬の予防として一摑みの茴香の種を加えた。「ここにいるのは誰かな？　ちっちゃな栗鼠ちゃん、鶯ちゃん、それともコケコッコちゃん、そんなに暴れると、お湯の中に落としちゃうぞ」

靴直しは服が雨でずぶ濡れだったので竈の前に立った。その場で女房に真実をすべて告げるつもりだったが、どう始めていいかわからず、楽しそうな女房の声に心は重く沈んだ。そしてそんなふうに突っ立っているうち、赤子のまなざしが自分に向けられたように感じ、靴直しは恐怖に襲われ目を逸らせた。そして心乱れてつぶやいた。

「奴はやはりあれだ。ヨハネさまは嘘をつかなかった。奴はあれだ。おれを見るあの目つきはどうだ。神への冒瀆がすでにあいつの目の中で密かにうごめいている」

「ここにいるのはちっちゃななめくじ」女房は赤ん坊に話しかけていた。「お魚さん、ねずみさん、ずぶぬれの濡れねずみ」

「神さま、あなたはなぜおれたちを娶わせたのですか」靴直しはうめいた。「おれたちの罪はこの赤子になって顕れた」

「楽しいのね」喋り続けながら女房は赤ん坊の背中にお湯を流した。「笑いたくてもあんたはまだできない。でも指はもう動かせるのね。お湯を飲みたいの？　やめて、お願いだからやめて驢馬ちゃん、おちびちゃん」

時間はいたずらに過ぎていき、ついに靴直しは勇気をふるって、しゃがれた声で言った。

「赤ん坊を湯からあげろ。そしてさよならを言うんだ。神がおれたちに定めたもうたことは、成されねばならない」

「あたしの驢馬ちゃん、おちびちゃん」驚いて女房はどもり、赤ん坊を湯からあげると胸に掻き抱いた。痺れるような恐怖がこみ上げてきた。

「よく聞け」と靴直しは言い深く息を吐いた。「お前が腕に抱えている子はアンチクリストだ。それは間違いない。はるか昔に預言がなされたとおり、人殺しの男と脱走した尼の間の子としてこいつは世に生まれた。残念ながら間違いない。おれもこの目で聖書を確かめたが、そこに何もかも書いてあった。そいつは除かれねばならない、でなけりゃ言いようのない悲惨が信仰に、そして神の聖なる教会に降りかかる」

　女房には何もかもちんぷんかんぷんだったが、子供のことを言っていて、亭主がなにか恐ろしいことを企んでいることだけはわかった。

「こっちに来ないで！」語気荒く彼女は言った。「この子に手を出すことだけは止めて！」

「どうしようもないんだ」悲しそうに靴直しは言った。「わかってくれ。おれだってむごいことはしたくない。だがおれたちの魂の救済のためには、やらなきゃならん」

「動かないでって言ってるでしょ！」女房は叱りつけるように言った。「この子に触れたら承知しないからね」

「承知しないだと？」怒りにわれをわすれた靴直しは叫んだ。「誰に向かって言ってるんだ？　誰がパンを運んでくるんだ？　誰が税金を払い、誰が苦労して一日中革や針金をいじくりまわしているっていうんだ？」

「誰が料理してるの？」金切り声で女房は言い返した。「誰が掃除し誰が繕い物をし、誰が家の中をきちんとして騾馬に餌をやってるっていうの？」

二人は息を飲んでにらみ合ったが、女房は相手の額に青筋が立っているのを見て、この猛りたった男を前にして自分がいかに無力でか弱い存在であるかを感じた。そこで言葉をつくして亭主をなだめようとした。

「聞いてちょうだい。どうか落ち着いて。聖なる十字架に額づくように、聖餅や聖龕の前でお祈りするように、あたしはあんたにお願いするわ。後生だから、この子に憐れみをかけてちょうだい。何をこの子にするつもりか知らないけど、この子はあんたと同じ人間でまだこんなにちっちゃいのよ」

「お前！」靴直しは叫んだ。「アンチクリストがわからないなんて、神がお前を盲目にしたのか？　クリスマス前夜に、人殺しと出奔した尼から生まれた子はアンチクリストだって、ちゃんと聖書で預言されてるんだ。おれたちが正しい道を歩むよう聖者さまを遣わされた神は誉むべきかな。あそこのヨハネさまを」

「あのヨハネさま？　あの方はご立派な聖者さまだよ。辛辣な舌を一生お持ちで、誰のことも悪しざまに言って、可哀想な最期を遂げたわ」

「それは違う方だ。お前が言うヨハネさまじゃない、もう一人の、度忘れしちまったが、あの方だ。とにかくこの子がアンチクリストなことは確かで――」

「たとえこの子がアンチクリストでも」破れかぶれになって女房は叫んだ。「この子はあたしの子なんだからね。あたしが生んだ、この世で何よりも――」

「黙れ！」靴直しは女房を制して言い、耳を澄ませた。「あの音は奴らだ。いよいよお出ましか」

　扉が開き、三人の泥棒が部屋に入ってきた。

　まず初めは羽根飾り帽と鬘のイギリス人だった。手に抜き身の剣を持ち、部屋を見回して、靴直しと女房と子供の他には誰もいないことに気づいたようだった。その背後から、部屋中に煮鱈の臭いを撒き散らして、ちびの坊主が姿を現わした。

　三人目は口の利けない頭で、玄関の柱に寄りかかって立っていた。腕を胸の上で組み、俯いているため血色の悪い顔は影に隠れていた。

「靴屋よ、奥方は彼氏をどこに隠したんだい」くつくつ笑いながら坊主が言った。「さっさとひっぱってこいよ。何もしやしねえ。単にそいつを片付けるだけのことよ」

　天井から吊り下がったベーコンの皮が彼の考えを脇に逸らせた。

「お前んとこには食い物がたっぷりあるな。こんだけありゃ四月まで寝て暮らせるんじゃないか？」

女房はあわてて赤ん坊を寝台に寝かせた。大の男を四人も相手にせねばならぬのかと思うと、怒りと絶望で目の前が暗くなった。なにか武器になるものはと部屋を見回し、昼に薪を割ったまま竈の上に置きっぱなしになっていた鉈を見つけた。

「この性悪ども！」と彼女は叫んだ。「また湧いて出たの？　何か変だと思ったら、案の定あんたらのせいなのね！　さっさと消えな、ごろつき！　あたしの子があんたらに何したって言うの？」

「黙りやがれ」坊主がせせら笑った。「あんたのいい噂は聞いてるぜ。こいつに貞淑を誓っておきながら男をくわえこんだのがばれたってわけよ。この期におよんでまだいい子のふりをするのか？　たいしたアマだぜ！　あんたの色はどこだ？　さっさと白状しな」

何と答えていいかわからず、女房は啞然と突っ立っていた。そこに靴直しが顔を赤くして割ってはいった。

「なんだと。恥知らずもいいかげんにしろ。おれの女房に色がいる？　背中の瘤に蹴りの一つもお見舞いしてやろうか。誰が言ったか知らんが、そりゃデマだ。滅相もない」

「何だって」坊主が叫んだ。「お前自分で言わなかったか、ムラット（白人と黒人の混血）野郎を寝床で見つけたって。豚の食えねえ、罰当たりの割礼野郎をさ！」

「そんなこと言うもんか」靴直しがうめいた。「どうやら鞭がほしいようだな」

「無駄口はそれまでだ」羽根飾り帽を卓上に放り投げ、イギリス人が言った。「おれたちが来たのは、誰かさんを地下四フィートに埋めるためよ、そいつがあんたの女房とおねんねしようが誰とおねんねしようが、おれたちには関係ない。そいつはどこだ。ここには誰もいないじゃないか」

靴直しは深く息を吸うと、体の向きを変え、この騒ぎにもかかわらずすやすや眠っている赤ん坊を指さした。その頰には、湯浴みのときのカモミールの花びらがまだ濡れて張り付いている。

「あれだ」

坊主の顔には驚愕の表情がまざまざと現われた。イギリス人は抜き身の剣を持ったまま、まるで鶏が朝食のパンを持ち去るのを目撃したかのような顔で言った。

「ガキか」イギリス人が喉声で言った。

「ガキか」と坊主もひしゃげた声で和した。

靴直しは溜息をついた。女房は死人のように青ざめ、全身を細かく震わせ、しかし鉈は両手でしっかり握り締めたまま、寝台の前に立っていた。

頭がゆっくりと身を起こし、前に一歩進んだ。竈の炎の前に立ち、女房を暗い目でじっと見つめた。その青白い顔には何の表情も浮かんでいない。

イギリス人の舌は徐々にほぐれてきた。

「こいつ正気か？　どう思うドン・チェッコ」

「サー・トマスよ、おれらは金をもらったのを忘れちゃいけねえ」と坊主が応じた。

「ドン・チェッコよ、しかしこいつは気の滅入る仕事じゃないか」赤い口髭の下からイギリス人が言った。

「余計なことは考えんでいい」

「理由は聞かない約束だっただろ」靴直しが声を荒げて言った。「言われたことさえやりゃいいんだ。四十スクードを猫ばばするつもりか？」

イギリス人は靴直しを無視して相棒に言った。

「ドン・チェッコよ、こう見えてもおれは兵士だ。ドイツ、スペイン、ロンバルディアと七度ほどいくさも経験した。敵に剣で突きをくれるときにゃ、同時に相手の攻撃を躱わす楽しみもなきゃな。ところが今回はなんの応えもありゃしねえ」

「もっともだ、サー・トマス」坊主は答えた。

「だからよ、ドン・チェッコ、こいつはおれの仕事じゃない、むしろお前にうってつけだと思うがな」

「なるほど、わかった。サー・トマス、だがおれにゃお前の助けがいる。女を押さえておいてくれ。おれは血を見るのは好まん性格なのに、あいつ手にぶっそうなもの持ってやがる」

「やっつけろ！」とイギリス人は言った。しかし一歩も踏み出さない。

「突撃！」と坊主が号令した。

そのとき、唖の首領が片手を上げた。

その手で右頬を撫で、指を立て自分の首筋を指し、同時に頬を膨らませた。それから片手で握りこぶしをつくり、別の手で顎をつまんだ後、背中を見せ、そのまま部屋を出ていった。

イギリス人は剣を鞘に収め、羽根飾り帽を頭に載っけると、床に唾を吐いた。

「おれたちは帰る。頭の命令だ。頭の言うことにゃ、野郎ならともかく、女子供を苛めるのはご法度ちゅうことだ。ま、おれにしても異存はないやな。お頭は四十スクードをお前に返せとも言ってる。ほらよ、だが三十二スクードしか残ってねえ。〈パスカル叔父さん〉に今までのツケを払っちまったし、鱈とかぶらも奮発したからな。じゃあばよ」

そう言うと卓の上に金を放り投げて出て行った。

「あんたに神さまのお恵みがあらんことを！」恐怖のあまり死にかけていた女房が、ほっとした表情で首領にそう呼びかけたが。もう外に出ており、聞こえるはずもなかった。

「ごろつきとばかり思ってたけど、あんたは立派な人だったんだね。天があんたに報いを与えますように！　どうしてあんたらが泥棒稼業なんてやってるのかわかんないけど、絞首台でお陀仏になる前に、さっさと足を洗っとくれ！　とにかくあんたのことは一生忘れないよ！　あれ、あんたまだいたの？　なんでみんなと一緒に帰んないのさ」

いかにもちびの坊主はまだ部屋に残っていて、にやにや笑いながら揉み手をしていた。

坊主は他の二人の足音が遠ざかって聞こえなくなるのを待った。それからなれなれしく靴直しにうなずきかけると言った。

「あいつらはいい奴なんだが、惜しいことに、頭のネジがゆるんでやがる。あんたも今見ただろうが、おれも腹に据えかねることがしょっちゅうさ。おれに任せりゃすぐ始末してやるよ。その四十スクードさえもらえりゃな」

「リッポ、こいつを追い出して！」恐怖にかられ女房が叫んだ。

「ひとつ手伝ってくれ」構わず坊主は続けた。「この女はおれより上背があるし、まだ鉈を持ってやがる——」

「あいつの言うことなんかきかないで！」女房が叫んだ「後生だから、言うことをきかず追い出して！」

靴直しは振り返り、女房が握っている武器を見ると、額に皺（しわ）を寄せた。

「鉈を捨てろ」と彼は命じた。
女房はいたましい表情で亭主を見やっただけで、身動きひとつしない。赤ん坊が目を覚まし、両手で空をつかむようにしながら泣き始めた。乳を欲しがっているのだ。
「鉈を捨てないか」おどしつけるように声を大きくして言いながら、靴直しは彼女につめよった。
もうどうしようもない。彼女は鉈を床に落とした。
「その人を追い出して」彼女はつかえつかえ言った。「どうしてもやらなきゃいけない
ことなら、あたしが自分の手でやるわ。嘘じゃない。ただ、どうかその人を追い出して
ください。もう顔を見るのもまっぴら」
靴直しは女房を見つめ迷った。はたして信じていいものかどうか？　女房は押しかぶ
せるように言った。
「あたしはいつでもあなたのよき妻でした。だから怒らないで聞いて。これはあたしの
子なの。今まではあんたがやれと言ったことは何でもやったわ。だから、どうしても仕
方がないなら――せめてもう一晩、そして明日の朝早く、あんたがまだ寝ているうちに
――でも、あの人にやらせないで！」
赤ん坊はますます激しく泣きだした。靴直しはゆっくりと坊主に顔を向け言った。
「帰れ。その金を持ってとっとと消えろ。お前にもう用はない」

そして女房の傍らに戻り、無骨な手で、できるだけ優しく、彼女の頭を撫でた。

「もう泣くな」亭主は言った。「信じてくれ。この行いは天上の神さまの本に書いてあるのだ」

その夜一晩中靴直しは仕事場に一人でいた。女房が部屋を行き来する足音、悲しげな嘆き、泣き声、赤子に話しかける声が一時間ほどしていたが、やがて何も聞こえなくなった。靴直しは、終わったかと思い、忍び足で扉に近寄ると、聞き耳を立てた。静かな、規則正しい寝息が聞こえてきた。さては女房の奴、眠ったんだ――

翌日の朝遅く、ようやく女房は目覚めて起き上がり、仕事場にやって来た。そしてまず部屋の隅の箒（ほうき）を手に取って、いつも通りに床を掃き始めた。その表情はおだやかで落ち着いていて、昂奮の気さえ見えず、告解の後のように晴れやかでさえあった。

靴直しはしばらく彼女を見ていたが、こんなにも平然と家事にいそしんでいるのが腑（ふ）に落ちず、とうとう口に出して尋ねた。

「済んだのか」

彼女は掃除の手を止め、亭主を見つめると微笑んで首を振った。

「大きな声を出さないで。あの子はまだ寝てるの」

「寝てるだと！　お前、昨日約束したじゃないか！」

「リッポ」静かに女房は呼びかけ、箒を壁に立てかけた。「あんたの聖ヨハネさまが言ったことは嘘だったの。聖者さまだって、いつも本当を言うとはかぎらないわ。あのお言葉は福音じゃなかったの。あの子はアンチクリストじゃないのよ」

「アンチクリストじゃないだと」怒って靴直しは叫んだ。「またそれを蒸し返すのか！お前は修道院から逃げてきたんだろうが！」

「いかにもあたしは修道院から逃げました」動ぜず女房は応じた。「仕事があんまりきつかったんで逃げました。なにしろ毎日——、これは前にあんたに話したことがあるわね。それに、あの子は確かにあたしの子です。——でも、あの子の父親は人殺しじゃない。そうじゃなくて立派な人なの。なにしろ王国の津々浦々まで神さまの御言葉を説教なさり、皆に敬愛された方ですもの」

靴直しは口をあんぐり開けて彼女を見ている。彼女は構わず続けた。

「あたしは今までこのことは黙ってました。話せというなら話しますけど、あんたも覚悟してお聞きなさいよ。あんたはあの子の父親じゃないの。聖ヨハネさまもそれだけはご存じなかった。なにしろ天国のとても高いところにいらっしゃるんだから、どの子の親が誰かなんて、うっかり間違えても無理ないわ」

「おれは父親じゃないって？」靴直しはつかえながら言った。ここ何日かの苦悩が抜け落ちて、全身が解放感と大いなる至福に包まれた。それじゃこの子は、他の子と同じ、ただの子供で、亡き者にする必要はどこにもないんだ。

「おれは父親じゃなかったのか」靴直しはそうつぶやきながら、部屋を見回した。

「あそこにある靴革だが、おれは三日間というもの、あれに触りさえしなかった。もう作業の手順さえ忘れちまったよ。あと一時間ほどで上に住んでる葡萄酒商人が靴を取りに来るはずだ。こいつはちょっと困ったことになるぞ」

靴直しは隣室の戸を音を立てないよう気をつけて開け、眠っている赤ん坊を少しのあいだ眺めた。

「もうすぐあいつは目をさますだろう」小声で言いながら戸を閉めた。「手をむずむず動かしているし、なんだかそんな気配がする。すぐおっぱいをやって大声で泣きわめかないようにしろよ！」

しかしとつぜん彼は肝心なことに気がついた。あの子がおれの子じゃないってことは、女房が男をこしらえたってことじゃないのか。頭に血を上らせて彼は言った。

「じゃおれは寝取られ男ってことか」

女房は何も言わなかった。

「おれは寝取られ男なんだな」言っているうちにますます腹が立ってきた。「いったい父親は誰で、どうしてこんなことが起きたんだ」

「父親はモンテレープレの司祭さまよ。さっきそう言ったでしょ」と女房は教えた。

「何でそうなったかって？　あたしが罪を犯したんです。あたしたちの婚礼の前夜、モンテレープレは大雨で、あたしは服を竈の火にかけて乾かしてた。そのとき司祭さまが調理場に入ってきたのです――そして――あたし自身にも、何が起こったかわからなかったわ」

「あの司祭のうらなり野郎！」亭主は叫んだ。「告解室ではさんざん人を地獄の業火だのなんだのと威し（おど）といて、自分は女の尻追ってたのか！　神だの三位一体だの大司教だの天国だの悪魔だのやくたいもない能書きを垂れて。地獄を見るのはてめえの方だ。ズタズタに引き裂いてもあきたらん。待ってろよ、目にものをみせてやる」

「リッポ！　やめて！」女房はおびえて言った。「ずっと前のことなのに、いまさら司祭さまに何しようっていうの！　あの方、きっと、もう覚えてさえいらっしゃらないわ」

「あのクソ坊主のぶよぶよ腹が覚えてないだと？　上等じゃないか。いやというほど思い出させてやる」

「忘れないでリッポ、あの方御自身が神聖なる教会なのよ」

「そんならその聖なる教会とやらをボコボコに叩きのめして、キリストさまにも見分けがつかないようにしてやろう」と靴直しは脅した。「そして、お前も、あとでそのおこぼれにあずからせてやるぞ」

そして靴直しは、騾馬が聞き分けのないときに使う、太い樫の丸太を持ち出してきた。

「じゃ行ってくる。あの助平坊主にズゴンと一発だ！　ええいあん畜生！　おい、あの葡萄酒商人のタリアコッツォが来たら、お前の靴はまだできてないって言っとけ。おれはまだ取りかかってさえないが、そんなこと絶対漏らすんじゃないぞ。だいいちあいつはおれに借りがあるんだ。ちょっとくらい待つのが当たり前だ。お前はさっさと言って赤ん坊に乳をやってこい。とっくに目をさましてるぜ」

そして靴直しはモンテレープレへと出発した。


彼はその町を、市壁と商工会館を備え、賑やかな市の立つ広場や、旅館や、美しい並木道や石造りの鐘楼もある立派な都市と想像していた。ところが五時間も歩いた末にたどり着いたのは、山のてっぺんの、山羊飼いたちの住むみすぼらしい小屋が何軒かしかないところだった。そこがモンテレープレで、肝心の司祭館もあたりの家より特に上等というほどでもなかった。

司祭は家にいなかった。次の日曜の説教内容を頭に叩き込んだあと、隣の村に住む粉屋のところに穀物とまぐさの代金を取り立てに行ったのだ。靴直しは司祭館の前のベンチに座って司祭を待つことにしたが、その前で、何人かの子供が砂遊びをしていた。見ればどの子も薄茶の髪に薄茶の眉で、少々年かさだが家に残してきた女房の子と瓜二つだ。これぞ司祭がこの辺の娘や人妻と不義を働いている証拠だと、今や靴直しは信じて疑わなかった。思いを巡らせば巡らすほど、けしからぬ司祭への怒りはつのるばかりで、思わず彼は持ってきた丸太で野芥子(のげし)の頭を叩きながらつぶやいた。

「あのクソ坊主！　乞食野郎め！」

とうとう司祭が息を切らせながら疲れきった様子で帰ってきた。どうやら急ぎ足でここまで登ってきたらしい。片手には皮を剝いだ野兎を、別の手には手ぬぐいを持っている。真っ赤にほてった丸い顔は汗まみれだ。子供たちの一人があらかじめ伝えてあったので、司祭は自分の家の前で誰かが座って待っているのを知っていた。おおかた誰かが葬式か、そうでなければ洗礼か、あるいは山羊のチーズを買うためにやってきたんだろうと思っていた。しかしやにわに靴直しが丸太を眼の前に構え立ちはだかったので、司祭は外套を脱ぐ暇さえなかった。

「おい坊主！　とんだ聖者さまもいるもんだな！　お前の家政婦にいったい何をやらかした！」

「あれなら今朝キャベツ畑に行ってもらったが」と驚いた司祭は答えた。「まだ戻ってこないのかね？　――おいイザベッタ、どこに行った――ああほれ、ちゃんとそこにおりますわい」

洗濯物を手にして家から走り出てきた老家政婦に野兎を渡しながら、司祭は言った。

「ほれ、これを酢と月桂樹とタイムとナツメグで味付けしてわしの大好きな肉汁（ブィヨン）にしてくれんか。向こうの粉屋がくれたものだ。こんないいことは毎日はないぞ。なんでも朝見たら罠にかかってたとか」

「ナツメグがありませんわ」女中は兎を見ながら言った。「それにブイヨンには丁子（ちょうじ）と胡椒もいりますわ」

「それなら一走りして、カプラニカの商人のとこで買ってきてくれ。もっと前に思いついてたら、自分で買ってきたんだがな。ところでお前さん、わしの家政婦に何の用がおありかな」

「そいつじゃない。もう一人の、あんたが以前雇ってた方だ。お前が常々、お前の信者に恵んでいる、敬虔な行いとやらの立派な見本だよ！」

「いかにも前にひとりおったが、素行が悪いのでお払い箱にしましたわい。ミルクは壺から盗んで飲むわ、産み立ての卵はくすねるわ、それにもあきたらず、農家の人が持ってきた蠟燭代まで、しょっちゅうわしのポケットからちょろまかしたり。馬鹿で性悪でおまけに不潔でな。いまだにそこらへんをうろついとるらしくて、昨日も出くわしましたわい」

「お前の家にはいったい何人家政婦がいるんだ」靴直しが叫んだ。「何がなんだかわからなくなってきたぞ。おれが言ってるのは、その盗っ人女じゃなくて、下着のままで厨房にいるところを、お前に見られた女のことだよ。ご立派なこったな。去年の春のことだ。忘れたとは言わせないぞ」

「イザベッタ！」司祭は呼んだ。家政婦はすでに道を行きかけていたが、走り戻った。「これこれ！　たわけた話に耳を貸しとるうちに一番大事なことを言い忘れとった。商人のところで乳香も買ってきてくれ。明日は日曜なのにもう一粒もない。それも丁子や胡椒といっしょに付けにしといておくれ」

そして靴直しの方を向いて言った。

「いったい何が目当てなのかとんとわからんが、去年の春、わしはまだここにおらんかった。その時分はフォンタニラの司祭でしたからな。あんたも知っとるかもしらんが、ここから二日ほど歩いたとこですわ」

「それじゃここに来て九か月にしかならないのか」靴直しはぶつぶつ呟いた。「女房は司祭が代わったなんて一言も言わなかった。それじゃその前の司祭はどこにいるんだ。おれが探してるのはそっちの方で、そいつの家政婦のことで一言言っときたいことがあるんだ」

「その尊敬すべき老人ならよく知っておる」司祭は答えた。「だがもうお亡くなりになった。神の祝福がありますように！　身罷ったときは七十七になられていた。まるまる四十二年もこの教区で司祭職を勤めたあげく、とうとうご自身が神に召されてしまった。

この教区はとても貧しくて、土地も痩せているので誰も来たがらない。ここらあたりの石ころだらけの地面は何を植えても無駄だしの」

「何だと」靴直しは叫んだ。「ここはモンテレープレじゃないのか。それならおれは一体どこにいるんだ。あの坊主の大悪党め！　七十七にもなっていながらまだ山羊みたいに女の尻追っかけ回してるのか」

「黙らっしゃい」驚いた司祭が言った。「なんてことを言うんだね、悪魔にでも憑かれなさったか。この無知蒙昧の不心得者が！　あの高徳の司祭さまに向かって、そんな口のききかたをするなら今すぐ帰ってもらいますぞ。あの方は晩年目が不自由で、体もたいそう弱っておられて、ミサ典書を持つのさえ大事だったのに」

「そんなに老いぼれてたはずはないんだが」口ごもりながらおずおずと靴直しは言った。「なんであんたがそう楯つくのかわからん」ますます気分を害して司祭は言った。「あの方がたいそうなお年だったことは、このわしがちゃんと知っておる。それでも疑うなら、台帳を見せてあげてもいい」

靴直しは驚きのまなこで司祭を見つめた。そしてようやく、司祭との一件がわが子を救うために女房がこしらえた出まかせであるのを知った。

しばらく靴直しは打ちのめされたように突っ立っていたが、何も言わずにきびすを返すと、もと来た道をたどり始めた。司祭は頭を振りながらそれを見送った。

夕方遅く靴直しは町に戻った。かれこれ十一時間というもの、パンのひとかけらも口にせずに歩き詰めだったので、へとへとに疲れて空腹だった。

しかしそれにしても、今夜のヴェッテュリーニ街はなんだか様子が変だった。いつもなら住人らが家々の前に集まって夜遅くまでおしゃべりを楽しんでいるのに、今日にかぎってどの家の扉も窓もひとつ残らず閉まっている。通りにも人ひとり見えない。ただひとつ、香料商人の家の窓が、靴直しが通り過ぎるときに人目を忍ぶように開き、誰かの片手があわただしく注意しろと靴直しに合図を送った。

靴直しはこの合図を気にとめなかった。すでに遠くから、自分の家の扉が大きく開いているのが見えて驚いていたのだ。とにかく家に入り灯りをつけた。とつぜん背後で物音がした。振り返った靴直しが見たのは王国の制服姿で待ち構えていた三人の捕縛吏だった。

彼らは靴直しに飛びかかった。そしてすこしばかりの殴り合いや小突きあいのあと、靴直しを引き立てて行った。

牢獄の扉が背後で閉じたその瞬間から、靴直しは脱走の準備を始めた。翌日にはもう、どこからか小さな鑢を調達し、小さな麻袋に隠して身から離さなかった。夜も昼も計画を練った。当局に密告したのは女房とはとうにわかっていたが、復讐のために娑婆に出たいのではない。そうではなく、神が自分に任せ給うた、なのにまだ果たしていない、あの一つのことが気がかりなのだった。こんどこそ女房の奸計にはまらないようにせねば。

牢獄の先客だった巾着切りと協力し、壁の穴掘りにとりかかった。たいそう手間のかかる仕事で、遅々として進まなかった。日に二度見回りにくる看守に気づかれないよう、慎重に事を運んでいった。瓦礫は藁袋に隠した。もう少しで完成するところになって、見張りに立っていた衛兵が物音を聞き不審を感じた。警報が鳴らされ、それが一件の終わりとなった。

靴直しは別の牢に移され、より厳重に監視されることになった。この男は一筋縄ではいかないと知れ渡ったためだ。だが一週間後には、すでに新たな逃走の試みに着手していた。窓穴の鉄枠を夜中に鑢で切り取り、中庭に面する壁を伝って降りようとした。しかしあいにく窓は地面まで三十フィート以上あり、落ちた靴直しは足を折った。たちまちあたりの捜索が行われ、夜明け頃、繁みに隠れているところを見つけられた。

怪我で臥せっている間に、靴直しは苛烈ともいえる調子で釈放を懇願する一通の手紙をしたためた。その書面には、自分を釈放することはカトリック教会の利益に適うし、公の秩序にも必要だと説かれていた。手紙は国王に宛てられていたが、王室検事の手に渡り、牢屋から引き出された。尋問の場で、靴直しは殺人の咎で乗せられていたガレー船から脱走したことを白状した。しかしそれ以外は何も話さず、尋問が手紙に及ぶと、かたくなに口をつぐむばかりだった。

傷の癒え次第、靴直しは聖カタリーナの地下牢に転送されることになっていた。内地にあるそこには、ごく少数の凶悪犯だけを監禁しておく獄があった。移動中に靴直しは体の不調を訴えた。高熱を発するようあらかじめ煙草の煮汁を飲んでいたのだ。この手で見張りを油断させ、首尾よく脱走に成功した。

逮捕されてから半年が過ぎていた。パレルモに戻って知ったのは、女房が子供と騾馬を連れて町を去ったことだ。今はコルレオーネという小さな町に住んで、領主のアリムベルティ一族の所有する葡萄畑で働き、自分自身と子供を養っているという。

聖パンタレオンの日（七月二十七日）の昼ごろ、靴直しはコルレオーネに到着した。真夏の日ざしがじりじり照りつけ、街にはほとんど人がいなかった。ひとりの子供に女房の名を言うと、その子は彼女の住む小さな家に案内してくれた。

女房は外出していた。靴直しは音を立てぬよう壁沿いに一周し、あたりの様子をうかがった。近くに誰もいないのを確かめると、窓に寄って室内をのぞいた。最初に見えたのは、寝台の赤い枕と、その上で寝るアンチクリストだった。

絶好の機会だと靴直しは思った。ぐずぐずせず窓をくぐって部屋に入ろうとしたが、あいにく窓は細すぎた。そこで幅を拡げようと、苦心して漆喰を剝がし、壁石を一つまた一つと外していった。

ちょうど通りかかった町の床屋が作業を目にとめた。床屋はいぶかしく思い、立ちどまると、しばらくの間靴直しを観察していた。それから、単に好奇心から、近寄ってその肩に手を置いた。

靴直しは驚いて振り向き、憤怒に顔を歪めた。またもや教会と聖なる信仰への献身を妨害する奴が現われやがったか。そこで床屋を追い払うために胸に拳固を強く二発お見舞いして、これで邪魔者はいなくなったと思った。

ところが床屋の叫びを聞いて近くにいた人たちが駆けてきた。たまたま二人の畑番人がサーベルと騎兵銃を手にやってきたが、靴直しはそれを一瞥するや、自分を逮捕するためここまで追ってきた捕縛吏と思い込み、ためらわず二人のうちの大きい方に向かって突進した。

畑番人は何が起こったかわからなかった。だが雨あられとばかりに拳固が降ってくる。ようやく相手がこの辺に住むものではない、よそものであることに気づいた畑番人は、一歩後に下がり、銃口を低く構えて一発撃った。

弾は靴直しの胸に当たった。彼はよろめき、地面に倒れた。起き上がろうとしたがまた倒れた。目に映る天はたちまち暗くなっていった。

床屋は先の戦争に従軍外科医補佐として参加していたが、畑番人の発砲とともに一目散に逃げ去っていた。しかし乱暴者が地面に倒れたいま、傷を調べるためまた戻ってきた。

靴直しは敵が近づいて来るのがわかった。すぐさま立ち上がって逃げようとしたが、もう力は残ってなかった。

「おとなしくそこに寝てなされ」床屋が言った。「わしは外科医だ、あんたに危害を加えるつもりはない。具合はかなり悪いようだぞ」

それは自分でも感じていた。口は血で溢れ、ろくに呼吸もできない。おれはもう死ぬ。そしてアンチクリストは生き永らえ、この世で勝利をおさめる。とてつもなく苦い思いが胸に湧きあがった。奴らは無知と蒙昧のために、おれが神の敵対者を倒すのを妨害しやがった。もう口を動かすのさえ億劫（おっくう）だったので、己（おのれ）のすべての怒り、すべての幻滅をわずかな言葉に託して言った。

「おいお前ら、お前とそこにいる二人」と床屋と畑番人たちに呼びかけ、「それから王室検事、政府に国王——お前らは揃いも揃って大馬鹿こんこんちき——」

そこで靴直しは倒れ、血を吐き、そのまま息を引き取った……

一時間ほどして女房が帰ったとき、靴直しはまだ扉口に横たわっていた。女房ははじめそれを日射病にやられた浮浪者かと思った。それくらい靴直しの顔は窶（やつ）れはてていたし、顎鬚も牢獄で剃っていた。どうして日にさらしたままこの人をほっといたのかと女房は周りの人をなじり、急いで部屋に入り水を汲んできた。

褐色で傷だらけの手を、虫歯の跡と顎の疣を、右耳の銀のイアリングを見てはじめて、これは自分の亭主と知った。そこで死体に覆いかぶさって大声で泣いた。

それから十三年のちの一七五六年七月のある日、枢機卿レッツォニコに仕えていた博学の修道院長ドン・リヴィオ・ディ・クレディがコルレオーネを通りかかった。修道院長はフランシスコ派の聖エリア修道院へ、礼拝堂で発見されたというギリシア語の手稿を見に向かうところだった。ところが修道院長はほうほうの体で恐れおののきながらコルレオーネの町に入っていった、というのはその直前にとんでもない目に遭ったからだ。一行は道すがら、付近の住民が〈グロットーニ〉と呼ぶ古代建築の遺跡に出くわした。それは道はずれの、コルクの木やにおいあらせいとうやくろうめもどきや野生オリーブの繁みに覆われていた。修道院長は馬車を止めさせ、巨大な花崗岩の切石や大理石板の残骸を調べてみようと路上に降りた。そこに威すような身振りをしながら二人のみすぼらしい恰好をした男が寄ってきた。その様子はしめし合わせて旅人を身ぐるみ剝ごうとしているかのように見えた。

恐怖でなかば意識を失いながら修道院長は馬車へ逃げ帰った。コルレオーネの町に入ってほっと一息ついたときもこの体験の記憶は鮮やかに残っていた。それに、急いで駆けさせたため馬車がところどころ具合が悪くなっていたので、今日はこれ以上先に進まず、御者と馬に休みを与えることにした。そこでこの辺で一番上等と教わった宿屋〈友愛亭〉に馬車を止めた。

修道院長が到着するとすぐ、宿屋の主人は自ら午餐の指図をするため厨房へ向かった。なにしろこれだけ高貴なお方がやってきたのは久しぶりだ。そのあいだ修道院長は客間で一人、窓の近くに席を占め、手にしたグラスから葡萄酒を飲んでいた。窓から広場の雑踏を眺めているうちに、やすらぎと安心感が彼のうちにゆっくりと戻ってきた。そして、もう一度あの災難の場所に行ってみたい気持ちさえ湧いてきた。あそこにあった瓦礫の一つは、キュベレの大理石像の残骸ではなかったかと思いあたったからだ。

そこに主人がまた部屋に入ってきた。十三歳くらいの、とても美しい少年を連れている。少年は卓にテーブルクロスを敷きはじめた。修道院長はその様子を喜ばしく眺めた。それから宿の主人に、もう一度〈グロットーニ〉を見に行きたい旨を打ち明け、ついては明日二人の屈強で武器を持った男たちを供につけてもらえまいかと頼んだ。

「若い衆は明日の朝早く、空の葡萄酒樽を取りに町に行ってしまいます」と主人はすまなそうに言った。「でも〈グロットーニ〉ならこの子が案内できます。なにしろ道を正確に知ってますから」

「冗談を言ってはなりません」修道院長が声をあげた。「この平和な町の秩序と安全のなかで育って、一度も危ない目にあったことのない子をあんなにいかがわしい場所に案内させるなんて、もしもの事があったらどうするのです」

「おっしゃる通り」主人が言った。「あたしどもの町では治安が行き届いてまして、町中で盗人など見たこともありません。郊外でだってめったに出くわしません。あなたを煩わせた二人は、修道院長さま、誰だか知りませんが単なる物乞いかなんかじゃなかったでしょうか。それでは明日はあたし自身でご案内しましょう。もしあたしでよければの話ですが、何なら猟銃も持っていきましょうか。それに」——主人はここで少年に目配せをして部屋を出て行かせた。——「それにあの子に関して言えば、修道院長さまは誤解していらっしゃいます。あの子はオギャアと声をあげたその瞬間から、おそらく並の人間の生涯分よりたくさんの危うい目にあってきたんです。首尾よくそいつを逃れられたことは奇跡よりほかの何でもありません。あの子の物語は聴くに値するものです。もしお疲れでなければ、あたしに話させてください。なにしろ食事までにはまだたっぷり時間がありますから」

　そして主人は修道院長の卓に座り、ヴェッテュリーニ通りの靴直しの物語を語って聞かせた。

「この話全体で一番奇妙なところは、その事件のあと、女房の赤子への愛情が急に冷めてしまって、まったくの無関心、いやそれどころか憎しみすれすれにまで変わったことなんです」靴直しの死まで語り終えたところで主人はそう言った。

「亭主を密告するそもそもの原因となったあの子を、赦すことができなかったんです。亭主がコルレオーネにやって来たのは赤ん坊を殺すためじゃなかったんじゃないか、そうじゃなくて、あの子に一目会うためじゃなかったのか。そういった考えから女房は逃れられませんでした。あげくのはてに子供をあたしらに託して女房はこの町から消えました。その後の消息を聞いたものはおりません。以前の知り合いの噂では、尼僧に戻ってふたたび〈久遠の光のシンフォローザ〉と名乗っているんだそうです。それが本当なら、聖務日課の賛歌を歌いながら、折にふれて愛する亭主のために鶏のブイヨンやチーズ入りパスタを料理していた頃を回想してでもいるんでしょうかね。――ちびのアンチクリストは土地の司祭のところに行き、そこで読み書きとラテン語を少しばかり教わりました。その後あたしが引き取りました。教区からほとんどお金はもらえませんでしたから、これが本当の神の報酬（無報酬）ということにでもなるんですかね。そして子供はあたしのもとで、生きるために必要な、実用的な何やかやを習いおぼえました。食卓の片付けやら、皿洗いやら、床掃除やら、寝台の整えかたやら。あたしがあの子を厩で馬の隣に寝かせてるなんてのは本当じゃないです。その噂を広めたのは嘘つきです。――ほらあの子が来ました。よかったらご自身で、お前は本当に馬と寝ていたのかと聞いてごらんなさい」

少年が部屋に入ってきた。手には粉末チーズを盛った小皿を捧げ持っている。米のミネストローネの用意ができたのだ。

修道院長は少年にこちらにくるよう目配せして尋ねた。

「お前の名はなんというのかな」

「ジュゼッペと申します。修道院長さま！」

「ジュゼッペか。ではそなたの父君の名は？」

少年は答えなかった。顔は真っ赤になり、あやうくチーズの皿を落としそうになるほど動揺した。

「これの父親の名は聞かないでやってください」主人が修道院長に耳打ちした。「ガレー船の懲役囚だった父の子であることを恥じてるんです。親父はピエトロ・フィリッポ・バルサモと言ってピサの出です」

少年はまるで話していることが聞こえているようなおどおどした目で修道院長を見た。

主人は話を続けた。

「これは自分のためにもうひとつ名前を作りあげました。堂々と世を渡っていけるような、美しい名をね。これは聖職者になりたいと思っているようです。読み書きはもう立派にこなせます。この手紙だって――」

主人はポケットを探り、書き物を引っぱりだして修道院長に渡した。

「ご覧ください。こいつが自分の手で書いたもんです。文章だって自分で考えたんですよ。明日には丁稚がこの手紙を町に持っていきます。お読みいただけますか、修道院長さま！」

パレルモにある聖ロッコ司祭養成所の所長に宛てたその手紙を修道院長は広げ、眼鏡をかけて読み始めた。

「何と書いてありますかね」好奇心もあらわに主人がたずねた。

修道院長は読みあげた。「わたくしには聖なる教会の僕（しもべ）としてわが身を捧げること以外に喜びはありません。それがわたくしの唯一の願いです。わが父よ、わたくしの忠実なる魂のすべてをこめ、あなたの足元にひれ臥します。わたくしはあなたの手に己のすべての運命を委ねました。あなたを畏敬する不肖の息子ジュゼッペ・カリオストロ」

修道院長は宿の主人に手紙を返し、立ち上がり、カリオストロ少年の頭に手を置いた。「わが子よ」と彼は言った。「お前は聖職者になりたいそうだな。まことに正しい道を選んだものだ。欺瞞と奸計に満ち、殺戮と略奪に満ちた悪しき俗世の喧騒にお前はこれから背を向ける。なんと先の見えぬ夜にわれわれは生きていることだろう。わが子よ、ほんの幼い頃よりお前にはさぞ多くの悪が降りかかったに違いない。だが気にかけぬがよい。お前の人生は今後静かに平安に流れ行き、信徒を善の道に導くことにまことの幸福を見出すであろう。永遠に至高の座より治めたまう神の恩寵を認識させる魂の牧人となることに。アーメン」

「アーメン！」と主人もあわてて帽子を脱いで唱和した。「ありがたいお言葉です。ところで修道院長さま、ミネストローネが卓に載っております」

月は笑う

Der Mond lacht

「面白い話ですって」とその老弁護士は言った。「四十年来こんな片田舎に埋もれている身に、たいそうなことは期待してくださいますな。いったい何をお望みですか。犯罪事件でしょうか。縺れた訴訟ですか。まったく人の運命ときたら！　生きていると本当にいろんなことが起こります。話の種もひとつならあります。心気症の特異な症例の話なんですが、そこに出てくる男の突飛な妄想は、当人の死によって証立てられたと、そう言って言えなくもありません。サラザン男爵の名に覚えはありませんか。そうですか、ではお聞きください、あなたにお誂え向きの話です。話がくどくなったらそうおっしゃってください。あなたの汽車は一時間と十五分後に出るのを忘れちゃいけませんよ」

サラザン家はブルターニュの出で、あそこのモルビアン県に、わたしの記憶違いでなければ、同じ名の村があったはずです。このサラザン家は大革命のあいだずっとフランスにとどまり、一族のひとりがヴァンデの戦い（王党派が起こした反乱）で命を落としました。かれらが国外に脱出したのはブルボン王朝が復活した後のことです。どうやらルイ十八世の徳のうちに報恩は入っていなかったようですね。一家はわたしたちの住むこの地方に家屋敷を購入しました。それがスライスネッグの館です。当代のあるじは新しく爵位を得たフレーリヒ男爵という人で、製紙工場の持ち主でした。

かくてわたしはサラザン家の末裔を知ることになりました。たしか例の症状は四十歳のとき、お子さんを亡くしたあとで発現したはずです。その前は騎兵将校で、あちこちに出征し、のちに妻を娶（めと）りました。ちなみに奥方は今も健在で、リヴィエラ近くのどこかで誰かしらと一緒に暮らしています。

結婚ののち男爵は財政難に見舞われました。きわめて合理的とは言いかねる経営手腕がたたったのです。そこで森林の切り売りをはじめ、古い絵画がそれに続きました。その縁で男爵との付きあいがはじまり、しまいには事業まで任されるようになりました。そんなある日男爵と座って話に興じているうち、あたりが暗くなってきました。八時半になると男爵は窓辺に寄ってこう言いました。

「今からスライスネッグに帰る気はしません。この町で一泊しようと思います。いい旅館を知りませんか」

わが家には客間が一室ありますので、男爵に勧めてみました。男爵は感謝してその申し出を受けました。

「たいそう気味の悪い晩ですね」と彼は言い、空を指しました。

　わたしは外を見ました。

「変わったところは何もありませんよ。星の明るい、すばらしく美しい夜じゃありませんか。雲だってひとつもない」

「ええ」男爵の声はかすかに震えていました。「雲がひとつもなくて、月が下界をにらんでいます。ほら、いかにもの欲しげに下をにらんでるじゃないですか」

　とつぜん男爵は顔を真っ赤にして歯を食いしばりました。

「ほらごらんなさい、もちろんあなたは笑うでしょうとも。でも笑い事じゃありません。真面目な話です。病（やまい）なんです。この体には病が潜んでいるのです。血に潜んでいるのです。受け継いだんです」

「何を受け継いだというのです」

「病をですよ。不安を、怖れを受け継いだのです」

「怖れをですって」

「ええ」男爵は窓辺から離れました。「わたしは月が怖いのです」

　あなたに想像できますか。大の男が、それも偉丈夫で、剣術と騎馬に秀で、自動車競走に参加もし、教養は当代最高の水準にあって、科学上の発見にも通じている、そんな男が目の前で震えているのです。ええそうなんです。震えるくらいに月を怖がっているんです。

その夜男爵はなおしばらくわたしとお喋り（しゃべ）をしましたが、その話しぶりはまさしく、気まずく恥ずかしい印象を拭い消そうと努める人のものでした。話は祖先から受け継いだ病に及びました。その言うところを信ずるなら、男爵の先祖は誰もが月になんらかの関わりを持つらしいのです。先祖代々の謎めいた年代記を男爵は引き合いに出してきましたが——その年代記なるものは男爵の遺品を探しても出てきませんでした。もとから無かったのかもしれませんし、奥方がフランスに発つときに持っていったのかもしれません。ただいくつかの話は、わたしが書きとめておきました。

ここにヴァンデの戦いで倒れた男爵の曾祖父の話があります。この人は十人余りの王党派の同志とともにデン・ハーグの城郭に籠もっていたところ、共和党の連隊に包囲されました。終わりゆく中世の余燼（よじん）であったその奇妙な戦いには、籠城というものが本当にあったのです。火薬も尽きてかれらは退却を決意しました。雨夜（あまよ）の闇に乗じて城壁をくだり、川沿いの藪に身を隠して森までたどり着こうというのです。ただひとり逃げそこなったものがいて、それが男爵の祖先でした。最後のひとりとして城壁を降りかけたところで、月が雨雲を押しのけ、ちょうどぶら下がっていたところを照らしたのです。そこでなすすべもなく撃ち落とされました。屋根にとまった鳩のように。

オリヴィエ・ド・サラザン。この人はフランスがルター派のプファルツ選帝侯と戦ったとき、フランス王国軍の大佐でした。一六四〇年ころのことです。わたしが結局目にできなかった年代記によれば、死の前夜、メス途上で野営したとき、オリヴィエ・ド・サラザンは二時間にわたってカルヴァリン砲や榴弾砲で満月を狙って発砲させたということです。そしてサラザン自身も自分の天幕の前に腰を据えて——なんという不思議な眺めでしたでしょう——呪いの言を吐きながらずっしりした騎兵用ピストルで続けざまに発砲し、夜が白むまで止めようとしませんでした。次の晩に連隊を率いて市に乗り込んだとき、天から弾が放たれて、鉄兜を頭から跳ね飛ばし、サラザンの頭蓋を砕きました。降ってきたのは丸くて林檎くらいの、緑めいた光を放つ奇妙な石で、誰も見たことのないものでした——そして年代記にはこう付記してあったそうです。「あたかも月が撃ち返してきたかのようであった」

それからジョスラン・ド・サラザン。この人はシモン・ド・モンフォールによるアルビジョア十字軍の遠征のときに、異端の廉をもってオーリラックの聖堂広場で焚刑にあいました。ひろびろとした広場と物見高い群集を思い浮かべてください。頃は正午、サラザンは首に縄を巻かれて堆い薪の上に立ち、そこに執行人が火を放ちます。「そのとき」と年代記は語るのです。「天の掟に逆らって性悪の月が空に現われ、この不快な場面をまる一時間とっくり見物したあげく、サラザンの惨めな最期にたいそう満足した様子を示し、同時にそこにいた皆に、とほうもなく敵意に満ち傲り高ぶった表情を見せつけた――

こんな話は実際に年代記にあったのかもしれませんし、男爵の病んだ脳の所産だったのかもしれません。しかしともかく何かしら共通のものがあるのにお気づきでしょう。狂った幻想がそこから語りかけていて、それは古譚の素朴さから発せられるものではありません。そのくせ真に迫った雰囲気や時代色が感じられます。わたしはそうしたものに少しは詳しいのです。なにしろ古い書物がことのほか好きで、たまに仕事の手が空くと、蒐集した二つ折り判(フォリオ)を読んでいますから。

ただ男爵の語り口はやや皮肉味を帯びていて、自分はこんな話を真(ま)に受けているわけではないとわたしに思わせたがっているのは明らかでした。男爵としては単にこの病が、つまり一風変わった月への怖れが、己(おのれ)の家系に代々受け継がれているのを例証したかっただけなのでしょう。「それはわたしの血に、わたしの脳に、わたしの神経に潜んでいるのです」としきりに言っていました。

それは確かに真実でした。何年もあとになって、スライスネッグの聖具係の娘が、男爵の精神薄弱気味の叔父について話してくれたのですが、その叔父は満月の夜になると村にある教会の祭壇の下に這(は)いこみ、夜っぴて連禱の唱句を喚(わめ)いていたということです。わたしはまた、男爵の早世した妹が持っていた聖書を手に入れました。そのなかに無意味なだけにいっそう怖ろしい文句が色褪せた字で残っていました。「忍び寄る月がわたしの髄を蝕(むしば)む」と少女のたどたどしい筆使いで書かれてあったのです。こんな小さな子が忍び寄る月を慢性の病みたいに語るのは奇妙なことではないでしょうか。

それはそうと、その晩の発作は――発作といいますのは、どうやらそれは周期的に反復される精神の均衡の乱れらしかったからですが――二時間ほど続いたにすぎませんでした。十一時ころになると男爵は落ち着きを取り戻し、寝室に向かいました。そして次の日の朝、ともに朝食の席についたときには、もとのオーストリア貴族に戻っていました。感じがよくて親切だが特に立派というわけではない、そういうタイプはあなたもご存じでしょう。

何日かあと、この件についてスライスネッグの鉄道嘱託医と話しあってみました。いつも不機嫌で、どう見ても農夫にしか見えない老人ですが、それなりの見識はないでもありません。頭蓋の骨折や肺炎や足の脱臼やらでは立派に役を果たします。男爵の症例は老人の興味を引きませんでした。「あれがどうしたというんだね。世の中にはもっともっと気味の悪い妄想がある。自分を陶器と思った男の話を聞いたことはないかね」――そしてひどく露骨で品のない冗談を言って話にけりをつけました。

それに続く数か月のあいだに、わたしは仕事上の用件で何度もサラザン男爵を訪問しました。ひとつ覚えているのは、業務中に事故にあった森林番が扶養請求権を主張してきたために呼ばれたときのことです。その男の言うとおりにしてあげなさい、とわたしは勧めました。他に助言のしようがなかったからです。社会的義務の観念が欠片もない男爵は、とんでもないと思ったらしく、ひどい驚きを見せました。そして、どうしてそうなるのだ、と叫びました。あいつは酒飲みで喧嘩好きで仕事もいいかげんで、どのみち首にすべき男なのに。わたしはそれに対して、それでも裁判となれば相手に分があるでしょうから、少額の補償をして片をつけたほうがいいのです、と答えました。しかし耳を貸してもらえませんでした。しまいには男爵も我を折りましたが、ほんの上面だけのもので、よく考えてみよう、まずは騎兵大尉に相談して意見を聞かなければ、と言ったにすぎません。――この騎兵大尉というのは隣に土地を持つフォン・ショルタニーという人で、あとでまた出てきますから、名前を心にとめておいてください。

暇乞いをしようとすると、男爵はもう少しいてください、とわたしを引きとめました。ふたたび機嫌がよくなり、その徴にガリツィアに駐屯していた頃の馬商人の逸話を語りだしました――その隠語を自在に操るさまは驚くべきものでした。

どういうわけで紋章の意匠の話になったのかは覚えていません。だしぬけにこの話題に移ったこと自体が、このあと起きた発作の前触れだったのかもしれません。男爵の紋章には銀の満月とそれを斧で割る籠手をつけた腕が描かれていました。この意匠は明らかにごく新しいもののはずです。古い紋章学の本にこれに似たものはなく、もっと素朴な表象しか載っていませんから。しかしこんな考えは自分のうちにとどめておきました。男爵の前では、この紋章は十字軍の時代に発祥しているという見解を主張したのです。

男爵は反論し、紋章にある銀の満月はブルターニュ地方の妖精譚に由来するものだとし、そして何かを遠まわしにほのめかすようなことを長々と語りだしました——そのとき気づいたのですが、月の話をする男爵は、しばらくのあいだ、まるで女性の話をしているようなのでした。

とつぜん男爵は飛びあがって窓辺に向かいました。男爵夫人がまだ外出から帰ってきていません。それで不安になったのです。

「すっかり暗くなりました。わたしは家内が月の夜に街道を走るのを好みません。この近くにある十字路では、月の光が怖ろしい影を投げかけて馬を怯えさせますから」

男爵の懸念はこのときはまったく根拠がないわけではありませんでした。まさしくそのせいで二年前、まだ幼かった男爵の娘が不幸にあったのです。わたしは男爵の気を紛らわそうとしましたがうまくいきませんでした。そのときいきなり発作が起きました。犬が月夜に吠えるのを聞いたことはありますか。それとまったく同じです。明白な証ではありませんか。何のですって？　月の光がある種の獣や草木にかなりはっきりした影響を及ぼすことのです。いちど庭師と話をしてごらんなさい。そして人間のなかにもよう。

て、月のことばかり喋り続けています。自分でも何を言っているのかわからないのでし

短くするのです。それはともかく男爵は、月の光で放心状態に陥りました。目が据わっ

——わたしはある農婦を知っていますが、その女は月が満ちかけているときにだけ髪を

「奴はわれわれを憎んで殺す。逃れようがない。先祖はあらがい、戦いをしかけた。無駄だった。誰もが負けた。一人残らず」

そしてふたたび年代記から古い馬鹿げた話を語りだしました。「わたしの先祖で、サラザン家の運命を月に繋ぐ鎖について、間違いなくわたしよりよく知るものがいた。だがその秘密は幾世紀の堆積に埋もれてしまった。だがオリヴィエ・ド・サラザンはかろうじて知っていた。なぜ月に向けて弾を撃たせたかわかっていた。そしてあのメルヒオール・ド・サラザンは、笛吹きと太鼓叩きをつけて国中に使者を遣わし、大海原の月が新たな罪を犯そうと毎晩顔を出す場所に重い岩盤を沈めたものには四ポンドの金に加えて宝石や首飾りを与えよう、と船乗りたちに約束した」

いまや男爵の声はささやきになり、わたしの耳にかがみこむようにして話すのです。

「今は忘れてしまった月の憎しみの秘密を子供のときは知っていた。そんな気がときどきするのです。何秒かのあいだ何もかもはっきりします。記憶の痙攣が脳を走り、たえず探していたひとつの言葉を知らせます——でも次の瞬間にまた忘れてしまって、残る

のは怖ればかりです。逃れられないものへの怖れ、その恐さは——」

　発作はますますひどくなり、あの最初のときよりも激しくなりました。身が震え、顔が歪み、冷汗の粒が額に吹き出て、目つきが狂気を孕(はら)んできました。

「あいつはわたしの子を殺したんです！　知ってましたか」男爵は叫びました。「今度はわたしまで殺そうというのです。夜浮かぶあのユダヤ面(づら)、あの黄色の呪わしい人殺しの面が」

　このときはまったく困ってしまいました——召使を呼ぼうとベルを鳴らしましたが無駄でした——そこにようやく、ありがたいことに男爵夫人が帰ってきました。

　男爵夫人のことはまだお話ししていませんでしたね。美しいかどうかは申しかねますが、いかなるときでも並外れた方でした。どんな人か頭に描きたいというのでしたら——ブルネットの髪と青い眼が、容貌に風変わりな魅力を与えていました。なかんずく美しかったのは歩き方で、漂うような滑るようなところがありました。会うといつもわたしは気おくれを感じたものです。

　夫人は男爵の陥った状態を一目で見抜き、さしあたって必要なことを残らずやってのけました。まず窓の鎧戸を閉め——鎧戸を閉めねばならぬとは、うかつにもそのときまで思いつきませんでした。それから男爵の手をとってさすり、額の汗をぬぐいました。これらすべてを一言の言葉も発せずに、かぎりない優しさと暖かさを籠めて行ったのです。男爵は落ち着きを取り戻しつつありました。わたしは夫人と目を見交わし、自分が余計者であると感じました。帰るわたしを夫人は引きとめませんでした。

それからしばらくは男爵と会えませんでした。なにしろ男爵は始終旅に出ていて、首都に何か月か滞在することもありましたから。例の器具、つまり望遠鏡を持ち帰ったのも首都からです。どうやら頭の比較的はっきりしているときに、自分が月に抱いている神秘な妄想を、その天文学的実体を目にすることで追いやろうと企んだようでした。そのために望遠鏡を用いようというのです。ところが事態は別の方向に進みました。

いまいるこの町で、雹害（ひょうがい）保険会社の建物から出かかった男爵とばたりと顔をあわせたことがあります。わたしたちは管区庁まで連れ立って歩きました。

わたしたちは男爵をこの町まで来させた用件について話していました。ところがいきなり男爵は蔑み侮る（あなど）ようなしぐさで手を動かし、空を指しました。

そして何の前置きもせず、だしぬけに聞いてきました。「奴を近くから眺めたことはありますか。一度もないでしょう。ただの一度も。わたしは」——男爵は何度か自分の胸を叩きました——「わたしは見ました。ええ、陰険で邪（よこし）まな情熱で荒（すさ）んだ顔をしていて、まん丸な染みが痘痕（あばた）のように浮き出て、瘤（こぶ）と潰瘍とのあいだを、上から下まで皹（ひび）が走ってるんです。太くて血のように赤い皹が——」

男爵は立ち止まり、わたしの手を握り、目を満足の色で輝かせてささやきました。

「まるで斧で割られたようにです」

そして甲高く笑いました。

「荒れ果てたまま、何千年も前から死に絶えてるんです。宇宙の薄のろが、ええ」

男爵はわたしの手を放しました。通りかかった人たちが訝しげなまなざしを向けてきましたが、気にする様子もありません。

「もう怖くなんかないですとも。奴の正体を知った今では」そう男爵は言いました。「ええ、もう大丈夫です。でも奴は——奴はわたしを怖がってます。わたしの視線に耐えられないんです。望遠鏡を奴に向けると、左から右から雲をちぎり取ってきて、自分の前に堆く積み上げて、その後ろに隠れようとするんです。それからジグザグに、すごい速さで空を駆けて、わたしを撒こうとします。そしていつも同じ場所で消えます。いつも必ず、騎兵大尉の庭塀の裏、楡とアカシアの樹のあいだで見失うんです。あそこで何をやりたいんでしょう。あのいつも決まった場所で。いつかショルタニーに言ってやりましょう。月があなたの楡の木のあいだをうろついてますよって」

この考えは男爵の頭をもう離れませんでした。

「あの大尉は旅行中なんです。ハンガリーのどこかへ何もかもほっぽって行ってしまいました。いつ帰ってくるかわかりません。でも言ってやらなくては。月がいつも同じ場所に——榆とアカシアのあいだにいるぞって、ショルタニーに知らせなければ——」

わたしたちは管区庁の前に着きました。もしかしたらわたしが先に入って、男爵の精神状態に注意を促したほうがよかったのかもしれません。しかしそうすべきだったと気づいたときはすでに時機を逸していました。ともかく誰も変には思わなかったようです。というのも、別れの挨拶をしたときの男爵は、すっかり平静を取り戻して分別ありげでしたから。

男爵と会ったのはそれきりになりました。その数日後に破局がやって来たのです。

ここでわたしは、破局を招いた事件の一部始終を組み立て直してみなければなりません。もっとも細かいところまですべて正確とは請け合えませんが。

夜の九時のことでした。男爵は書斎にある出窓の張り出しのところにいました。望遠鏡を夜空に向けて、いまは雲が流れ去るのを待っています。男爵は不安を感じます。いえ不安以上のもの、荒れ狂う恐怖をです。この戦いに敗れた先祖たちが頭に浮かびます。創意に富む月のことですから、自分に歯向かうものの長い列の最後のひとりをどう殺すか、すでに定めているのかもしれません。

雲が失せました。戦いがはじまります。月が人殺しの黄色の顔で、望遠鏡をじっと見下ろしています。

ふたたび前夜と同じ遊戯です。望遠鏡が向けられていると感じるや、月は蒼白になります。落ち着きを失い怒り出すのを男爵は見ます。追いかけてくる視線を逃れようとするように右へ左へすばやく動きます。やがて月は戦いを放棄して逃げます。ジグザグの跳躍で空を駆け巡ります。とうとうショルタニー氏の庭の向こうに姿を消し、梢のあいだに隠れてしまいました。

男爵は待ちます。戦いはまだ終わっていません。今度こそ秘密をつきとめなくては。どうして月はいつも同じ場所、ちょうど騎兵大尉の庭の向こうに隠れるのだろう。男爵は立ったまま待ち、望遠鏡で庭塀を睨(ね)め回します。まるで榴弾砲で月を撃ったオリヴィエ・ド・サラザンのような気持ちになっています。

ほら、あそこに光が！　あつかましい奴め、また出てきやがった。

いや違う。窓に灯りが点(とも)っただけだ――でもどうして――騎兵大尉は旅に出ていて、誰もいないはずなのに。それとも急に帰ってきたのか。

事実それは騎兵大尉でした。男爵は望遠鏡で彼を認めました。フォン・ショルタニー氏は帰っていたのです。だがひとりではなく、そばに女性がいます。大尉がその腕をとって、自分のほうに引き寄せました。女の白い肩に月の光が戯れています。

あれは何だ。月が空に現われて、笑っている。灯りのともる窓の奥を覗(のぞ)いて、狂ったように笑っている。どういうことだ。月が笑っている。

男爵にその女が誰だかわかったのかどうか、すなわち真実を察したのかどうか、わたしには何ともいえません。ともかくも叫び声をあげると、テーブルを蹴倒し、扉を目にするや勢いよく開けて——次の瞬間には階段にいました。いえ、事はそんなふうではありませんでした。どうやら男爵は平静を装って家を出たようです。出る前に乗馬用の鞭を壁から外して持っていきました。

どうやって庭塀を乗り越えたのかはわかりません。騎兵大尉の召使に気づかれはしませんでした。のちにその召使が何度となく、銃声に驚いて部屋に押し入ったとき目にした光景を話してくれました。

男爵夫人が失神してフォン・ショルタニー氏の腕にかかえられていました。氏は壁によりかかり、顔に焼印のような鞭痕をつけ、リヴォルヴァーを握り締めた手は痙攣していました。

男爵は床に倒れ、血にまみれ、口を開けていました。騎兵大尉の弾が首を貫いたのです。丸太が一本、おそらく扉を破るため途中で拾ってきたものでしょうが、放り出されて転がっていました。

そしてあらゆるものが銀の輝きに——開いた窓から注ぐ月の光に——浸されていまし

た。

「これがサラザン男爵の物語です。あなたに差しあげます――なんなりと好きなようにお使いください。男爵の名を覚えている人が首都にいるとは思えません。社交界にも出入りしていませんでしたし、政界で何かの役を務めたこともありませんから。ただ一度だけ新聞に名が載りました。一九〇八年のことです。ハラッハ家とウングナート－ヴァイセンヴォルフ家とのあいだに挟まって、オーストリア貴族が八十歳の皇帝に敬意を表して催した歴史的な騎馬行進に参列したのです」

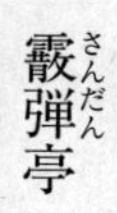

霰弾（さんだん）亭

Das Gasthaus zur Kartätsche

　今から語る話の主人公フワステク曹長が軍用小銃で己を撃ったとき、まず銃掃除に使う紐を引き金に結び、紐の端を寝台の鉄柱に巻きつけ、そして銃口を体に押しつけて後ろに下がった。轟音とともに弾が胸を貫いた。ひどい傷を負ったのに曹長は気絶しなかった。それどころか酒保まで走り、ビールを飲んでいた二人の一等兵の腕に倒れこんだ。二人は曹長を床に寝かせシャツのボタンを外した。だがもう話もできず、喉をぜいぜい言わせてのたうち回るだけだった。狼狽した一等兵たちはすぐには何をすべきかわからなかった。日曜の午後だから兵営に医者はいない。困りきった一等兵は、ひとりは声を嗄らして日直の上官を呼び続け、もうひとりは突飛な思いつきから、自分のビールグラスを摑んで、「飲んでください、フワステク、飲めばよくなります」と話しかけ、死にかけの者に飲ませようとした。

　ところが銃弾はすぐには止まらず、本来の仕事を終えるとたちまちあれこれの災厄を独力でもたらしだした。まずは曹長の部屋を横切り、壁に掛かる皇帝の肖像をこともなく貫いた。ついで仮兵営の寝室広間に迷い込み、東ガリチアのテレボーウリャから来たルテニア人の新兵フルスカ・ミハルの膝を砕くと、新兵は呻いて飛び上がり、すぐまた倒れて伏した。弾は卓上の野戦用備品を詰めた背嚢にめり込み、牛缶と二つの〈四十六クロイツァーのコーヒー缶〉は無事だったが、代わりに〈調理必需品〉つまり塩や胡椒やラードや酢を入れてあったキャンバス地の小さな袋を裂いた。そのまま中庭をつっきって、己の力と自由が嬉しいのか、歌いながら街を走る少女のように楽しげな音をたてて飛んでいった。おりしも夏服姿の囚人兵を遊び半分に整列させていた兵舎監督将校ハイエク少尉の頭を掠めすぎると、こんどは開いた窓から大兵舎に入り、廊下の壁に掛けてあった小銃二挺の床尾を砕いた。さすがに疲れを見せつつもさらに見習士官ザックスとヴィトハルムの部屋の薄壁を貫いた。しまいにはよりによって卓上の大型目覚まし時計に嵌まり込んだ。誰も弾丸の行方を気にしないまま何週間かが過ぎたあと、狼藉のかぎりを尽くした物体が建物のどこに消えたかを時計修理工が見つけた。何食わぬ顔をして螺子とぜんまいのあいだにうずくまり、歯車の動きを阻んでいたのだった。

だがこれらすべては物語に何の関係もない。わたしが弾丸の道筋を語ったのは、書記がペン軸を、あるいは農夫が煙草パイプを持つように日ごろ何気なく手にしていた武器の威力に、当時の——つまり戦の起こるはるか前の——われわれがどんなに驚いたかを伝えたかったからにすぎない。とうに本来の業を終えても、なお悪意をみなぎらせて飛び続け、己の道を行くついでに災いや嘆きや悲惨を撒き散らし、のんきに眠る新兵を襲う鉛玉の貪欲さには誰もが驚いた。そしてわたしが今になってこれを語るというのも、遠い過去になったこの事件を思い返すたびに、可哀想なフワステク曹長が自殺して生を終えたというのはまったくの嘘だという気がしてくるからだ。むしろ曹長を殺したのは遠くから来た流れ弾——つまり目標を持たずに歌いながら飛ぶ弾であって、曹長を倒したのは単に行きがけの駄賃としてで、それは松葉杖二本で苦労して兵舎の庭を歩く姿がそのあとしばらく見られたフルスカ・ミハルの場合とさして変わらなかったのではないだろうか。

兵営は丘のうえにあり、そこはフラチャヌィでも地史に記録をとどめる遠い昔のできごとにちなみ〈ポホジェレツ〉すなわち火事場と名のつく一角であった。小体（こてい）な家が兵営のぐるりに立ち並び駐留軍の隣人としての仕事を営んでいた。将校や一年志願兵に部屋を賃貸しする女たち、〈長期勤務〉下士官の特別誂え（あつらえ）の軍服を上質の生地で縫う仕立屋、兵士から軍用黒パンを買い取り小料理店に供するユダヤ商人、夕食はブラックコーヒーしか出ない兵舎の住人が四クロイツァーで〈コマ〉や〈挽肉〉を、二クロイツァーで豚ラードを塗ったパンを買う燻製屋。

問題の霰弾亭（さんだんてい）はさらに下ったネルーダ通りにあった。それは一見の価値ある建物で、この古棟にめり込んだカノン砲の弾はフリードリヒ大王時代の包囲に由来するという。

屋敷の裏窓からのぞくと静かで穏やかな眺め――フラチャヌィとペトシーンの丘にはさまれた谷が緑に覆われ、そこにストラホーフ修道院が所有する白く耀く小舎が点在し、はるか遠くに首都の塔や屋根が広がる景色が見渡せる。霰弾亭は日中はひとけもなく死に絶えていた。玄関前の日の当たる石段で猫たちが遊び、厨房から皿を洗う音が聞こえ、鶏が酒場広間の湿った木の長椅子の下をこれみよがしに歩いている。だが夜になると大騒ぎがはじまる。近くのあらゆる兵営から兵士たちが女連れで来て、ビールやシュナップスを飲み、してはならないはずの賭けトランプに興じ、騒ぎ、叫び、政治を語り、ご法度の歌を歌う。三月革命の時の〈眠れ、ハヴリーチェク、お前の墓で〉や白山の戦いの讃歌、風刺歌〈シュセルカはドイツから手紙を書いてよこした〉、なかでも一番熱を帯びるのは軍歌〈ロシアはわれらとともにあり〉だ。

将校と下士官には専用の長い卓があり、われわれ一年志願兵用の部屋も別にあったが、そこにもときどき人の流れが押し寄せ、恋人と喧嘩別れした娘がわれわれの卓まで逃げてきたりした。兵士たちは争い、叫び、呪いの言葉を吐き、女たちは金切り声をあげ、銃剣が抜かれ刃を鳴らし、あげく最寄りの兵営から緊急部隊が出動し、秩序と平和が戻る。いっぽう浮かれ騒いだうち一番の大声をあげたものは暗い営倉に連れて行かれる。

これが霰弾亭であり、当時第三大隊付曹長だったフワステクとわたしが知り合った場所だった。曹長は背の高い美丈夫で、閲兵式のとき連隊旗を掲げる姿にわたしはひそかに感嘆したものだ。霰弾亭と同じく日中は陰気で無愛想で、黙々と任務をこなしていたが、夜になると本当の生活が始まる。酒飲み連のなかでも一番騒がしく、来る晩も来る晩もフリーダ・ホシェクといっしょに、楽士たちの舞台にすぐ近くの小卓に陣取っている。だが長くはそこにいない。ビールのグラスが空になる頃には隣のフリーダ・ホシェクに飽きてくる。喧騒と争いと爆笑のあるところ、昂奮し赤らんだ顔が見えるところこそ真に居心地がよく、自らの本領が発揮できると思われてくる。そこでまず砲兵らがトランプの〈グリューネ・ヴィーゼ〉をやっている奥の卓に近寄る。誰かのカードに二グルデン賭けるが、それはただ楽しむため、仲間に入りたいからにすぎない。勝ち負けも決まらぬうちにいきなり席を立ち、不平家の銃修理係コヴァッツ爺さんの卓につき、グラスからこっそりビールを飲んで楽士たちのあいだに隠れる。戻ってきたときは楽士コトルメレッツのヴァイオリンを手にしていて、椅子に飛び乗り性急に弾きだす。あわてて舞台から降りた老コトメレッツが罵りながら軍服の上着を引っ張るがなんのそのだ。やがてギャロップのテンポで、一ダースのビールグラスをバランスを取って運ぶ給仕を巧みにかわして広間中を踊りまくる。ついには娘が疲れきり息絶え絶えになりながらも幸せそうに微笑んで椅子に崩れ落ちる。だが曹長は疲れた様子もなく、今度は猟兵の卓で軽業と手品を披露し、グルデン硬貨をナプキンの下で消してみせたり、新兵のポケットからフォーク半ダースや軍服のベルトを取り出して驚かせる。一通りそんなことをやってから、今度は流行歌や行進曲を歌いだす。皆も一団となってこれに和す。暗い歌も陽気な歌もあった。あれから十二年が過ぎたが、兵士たちが行軍のテンポで歌うチェコ語の歌詞とメロディーはまだ記憶に残っている。河が流し去った水車小屋の歌はこうはじまる。

「もう粉は挽けない、二度と挽けない
荒れた河に小屋が流れた
車輪がひとつもなくなった
シャベルも櫃（ひつ）もなくなった
もう粉は挽けない、二度と挽けない
荒れた河に小屋が流れた」

それからこう続く。

「思ってごらん、愛しいひと、思ってごらん、愛しいひと君といた昔、どんなに幸せだったか――」

このくだりでフリーダ・ホシェクはいつも泣きだす。涙もろいので訳もわからず泣く。お次は六六年（普墺戦争時）につくられた、療養所で寝ている兵士の歌で、こんなふうにはじまる。

「右足は撃たれて真っ二つ
左は未だになまくらだ
おいで、愛しいひと、来て見てごらん
いくさで俺はどうなったかを」

だが曹長は楽しい歌も知っていた。えせ日本語の嘲り歌で、これはチェコ兵士のロシア贔屓（びいき）から来たものだ。

「旅順港から
馬車が来た
上に乗るのは上村大将」

がなり声の合唱でリフレインが入る。

「それからすぐに茶を、茶を点てる
ブラックコーヒー、チョコレート
それからすぐに茶を、茶を点てる
チョコレート、ラム」

だがフワステクの十八番は曹長に敬礼を拒んだ新兵の歌だった。

「日曜俺はぶらぶら歩き
斜めに煙草の吸いかけくわえ
腕に可愛い娘っ子――
すると曹長に出くわした

俺は敬礼なんかせず
ひそかに思った、首吊りやがれこの野郎

そして一言、言ってやったさ
明日また報告会で、と
報告会の準備をせにゃと
監督兵長のとこに行ったら
言いやがるんだ、一週間
牢屋にずっと入ってろと
大尉が一件すべてを知ると
憎たらしい目で俺をにらんで
多くも語らず、すぐ俺に
三週間を食らわした」

これが曹長の愛唱歌だったが、それにしても、曹長を喜ばせたのは新兵が上官に敬礼しようとしなかったことだったのか、それとも新兵がそのため営倉に行かねばならなかったことだったろうか。

フワステクは己の階級を笠に着ることはなかった。誰とでも親しく話をした。下士官とも、一等兵とも、古参の兵卒とも、新兵とさえ。ただ工兵たちだけは軽蔑されていると感じた。曹長が一瞥もくれなかったからだ。とはいうものの以前はかれらも霰弾亭で大きな顔をしていた。金回りがよくて一瓶二グルデンのワインを飲み、女たちに奢り、きらめく徽章をつけた特別誂えの絹の――規則違反の――軍服を着て、「男爵のようだ」と言われていた。ところがフワステクが霰弾亭に顔を見せた日からかれらの出番はなくなった。曹長は工兵の面つきが気にくわず、服装に嫌悪を感じた。〈ブリキ蠅ども〉――帽子の金属色から工兵はそう呼ばれた――のひとりに前を横切られたときは肉体的な不快感に襲われ、それを振り払おうと悪態のかぎりを尽くした。もちろん口はすぐ手に移り、喧嘩がはじまった。だがひどい目にあうのはいつも工兵だった。曹長は向こう見ずで乱暴でたいへんな腕力があった。瘤やみみず腫れや頭の流血のあげく、すぐさまフワステクは大方の賛同と支持を得、工兵たちは黙し、蔑まれ、皆の笑いものになって隅に引っ込んだ。この一隅は常連から〈工兵たちのユダヤ人街〉と呼ばれるようになったが、それというのもかれらはゲットーの住人のように身を押しつけあってひしめいていたからだ。そこにいるかぎり曹長は工兵らに目こぼしし、工兵らは煙雲とビールグラスの背後から憎しみを湛え憤懣を抑えて仏頂面で他の兵士が盛大に騒ぐのを眺めていた。

ただときたま、〈悪魔〉とか〈ダムダム弾〉とか〈李の灰汁〉とか呼ばれるシュナップスが二十杯に達し、頭に酒精が昇った曹長がぐたりと楽団の舞台そばの卓で酔いつぶれ、床のビールの水溜りに目をやっていると、ここぞとばかりに工兵は隅から這い出て、喜びはしゃいで皆の仲間入りをする。だが曹長がそれに気づくと飛び上がり、頭を振って酔いをさまし、たちまち元気になって工兵らを追い払う。皆の笑い声に追われて工兵はふたたび隅に消え、いっぽう曹長はフリーダ・ホシェクのもとに戻って再びぐたりと酔いつぶれ、床のビール溜りを眺める。

このフリーダ・ホシェクは曹長が当時一緒に住んでいた娘で、兵卒たちから〈下から来たフリーダ〉と呼ばれていた。というのも彼女はプラハ郊外の低地出身で、たしかスミーホフかコシールジェから丘を登ってやってきたからだ。われわれはこの娘について は職業が羽根細工師というほか何も知らなかった。ある晩霰弾亭に顔を見せ、卓から卓に回っては、居合わせた誰かれに糧秣係のある伍長のことをたずねた。なんでも〈クラモヴカ〉でのダンスの晩に知り合って、一晩踊り明かしたのだという。一晩中自分の騎士でいてくれて、すべてのダンスを踊ってくれ、二千グルデンの貯金があって、別れ際に次の晩は自分が行きつけの霰弾亭に来てくれと言ったそうだ。きれいに分けたブルネットの髪をしていて、いい匂いの香水をつけ、とても粋であったという。——「ユダヤ人のいい男なの」と繰り返しフリーダ・ホシェクは請合った。その〈ユダヤ人のいい男〉が霰弾亭には見あたらなかった。夜が更けても顔を見せなかったし、彼女が告げた名は兵卒の誰も知らなかった。翌晩彼女はまた現われ、やがて毎晩来るようになった。

曹長フワステクに惚れたからだ。その騒々しさ、その酒の強さ、その地位、その猪突猛進、その軍服、その女性蔑視はフリーダを魅了した。さらにヴァイオリンを弾けることが彼女をすっかり参らせた。曹長の隣に座ると、フリーダはぴったりしがみつき、腕にぶらさがり、始終うっとりした目で彼を見つめていた。

晩に霰弾亭に来たときは、いつも戸口で少しのあいだ立ち止まって、入ろうかどうしようかとためらう様子を見せる。そして兵卒の誰かが騒がしく扉を開けると必ず驚いて飛び上がり、曹長のもとに寄り添う。彼女を霰弾亭に来させた髪をきれいに分けた〈ユダヤ人のいい男〉を、一年半が過ぎて伝説と化した今でも待っているようにその姿は見えた。

わたしは当時曹長と仲がよかった。わたしが所属する大隊がトレントに移る四、五週間前にわたしたちは知り合いになった。その前はただ顔を知っていて、兵卒たちからさまざまな支離滅裂で信じがたい話を聞かされただけだ。偉い貴族と国立劇場の女優のあいだに生まれた子であること、父親は大佐でもあったこと、それから耳にはさんだ噂によると、スウェーデン軍と戦った時代の古い金貨がたんまり入った壺を白山のどこかで見つけ、それで得た大金を毎晩霰弾亭に貢いでいるという。あるいは連隊の金を巧みにごまかし、ビールやシュナップスや賭け事やフリーダ・ホシェクに注ぎ込んでいるとの噂もあったが、それを語る兵士たちの口ぶりは大っぴらで中傷の気配はなく、それどころか一種の賞賛さえ混じり、法螺話をこしらえるときの純粋な喜びが感じられた。というのも本当はかれらも曹長を見舞った運命をちゃんと知っていたからだ。ポホジェレツでは子供でも知っていることだが、曹長はもと将校だった。それが青年少尉の肩書きを失った。どんな事情で少尉から曹長になったのかは、もちろん誰もはっきりとは知らない。ただわかっているのは、ここではない北ボヘミアのどこかの町で厄介な事件が起こり、工兵隊の中尉とシャンパンとコニャックとシュナップスがそれに絡んでいることだけだった。ただそのシュナップスは今の曹長が霰弾亭で毎晩飲んでいるものより高級品だったという。そのときは年長の同僚二人も同じ憂き目にあったが、民間に職を探してなんとかそれにありついた。一人は郵便局員、もう一人は商人になった。わたしがこれを知っているのは、郵便局員のほうが一度曹長を訪ねてきたからだ。ところが元少尉フワステクは軍務から離れられなかった。士官学校を放校された直後で、そこで国費を支給されていたため、将校の位を失ってもさらに八年は一兵卒として他の連隊で勤務せねばならなかった。その八年はとうに過ぎ、今は曹長だから軍務からいつ離れようとかまわなかったが、フワステクはそうせずに連隊にとどまった。一度はふいにした人生の方向を変えるのが億劫になったか、あるいはどうでもよくなったのだろう。

わたしたちの付きあいは酒保で食事したあとで曹長の宿舎に同行した日から始まった。

曹長が売ろうとしていたシュタイア（オーストリアの武器製造業者）のピストルを見せてもらうためだった。その日のことは正確に覚えている。フラチャヌィで迎えるはじめての暖かな日、はじめての春だったから。屋根に雪は少し残っていたが、兵舎裏のじゃがいも畑が始まるあたりで手回しオルガン奏者がすでに立ち、散歩に来る人を待っていた。さらにふもとの、ペトシーンの丘のほうには二基の回転木馬とシーソーと大きな射的屋ができつつあった。

　曹長が外出着に着替えるあいだ、わたしは部屋のソファに座って壁の着色石版画を眺めていた。中の一枚はソルフェリーノの戦いの絵で、硝煙があがり馬が後足で立ち榴弾が炸裂していた。別の一枚は決闘の場面で、二人のきわめて不十分な着衣の婦人が森の空き地でサーベルを掲げて互いに襲いかかっていた。室内のいたるところに軍服が脱ぎ散らかされ、そこにある本は下士官用図書室のスタンプが捺された探偵小説や風刺雑誌だった。曹長はズボンにブラシをかけながら日常のいろいろな出来事を語ってわたしをもてなしてくれた。ある一年志願兵がテントの防水布を盗まれて国家に弁償せねばならなかったこと。ヴィクルチル大尉の奥方が猩紅熱（しょうこうねつ）に罹ったこと。大佐が皇帝統監演習はイチーン地区で行うと士官食堂で言ったこと。ところでイチーンは皇帝統監演習にはいい場所だ。ビールはうまいし、宿舎は立派だし、食い物もたんとある。酒保の女給で一番年かさのものが、薔薇色のリボンを首に巻いた子猫を贈られたが、あの女の言うには誰のプレゼントかわからないそうだ。大隊は水曜に〈野戦場〉に行くよう命ぜられている。おまえら志願兵はまだ経験あるまい。動く操り人形の撃ちかたなんか知らないだろう――

部屋の窓は開いていて、遠い野原から手回しオルガンの音が聞こえてきた。〈アンデュルコ、僕の娘〉を弾いている。この〈アンデュルコ〉は変わった歌で、〈彼女〉という内気な呼びかけが途中で幸せに満ちた〈お前〉に変わる。

「アンデュルコ、僕の娘、
彼女は最も愛しいひと
アンデュルコ、僕の娘、
お前が大好きだ」

それから急にリズムが変わって、

「でも許してもらえない
今日お前のもとに行くのを
一目見ることさえ

けして許してもらえない」

このメロディーは春のあの一日とかたく結びついたまま今も心に残っている。歌を口ずさみながらソファから立つと、不意に卓に置かれた肖像が目に入った。

それは写真で、マホガニーの茶色の額に入り、少尉の軍服を着たフワステクが写り、隣にとても美しいすらりとした娘が夏服姿でいて、二人の後ろにはハルシュタット湖の一部が写っていた。それともザンクト・ギルゲンの湖畔か。

いきなり心臓のあたりを痛みが刺した。この娘は知っている。すぐさま思い出したのは、少年のころ、姉に連れられて行ったベルヴェデーレのテニス場でよく見かけたこの人の姿だ。何年も会っていないけれど、たびたび思い浮かべていたものだから、すぐその人とわかった。愚かな十八の若造のわたしに、とつぜん滑稽な嫉妬の憎しみが湧いた。なぜなら写真の曹長は立派な少尉の制服を着て娘の隣にいて、片手をサーベルにかけ、もう一方の手は彼女の手のすぐ近くにあったから。わたしは曹長のあらゆるものを羨んだ。娘も少尉の階級章も美しい夏の日も。それどころかハルシュタットかザンクト・ギルゲンの湖までも。写真からどうしても目が離せなかった。過去のさまざまな日々が思い出されてきた。つまらない何でもないことが次々と浮かんだ。水溜りを飛び越えた彼女を見たこと、にわか雨が降って彼女に傘を差し出したこと、一本だけ長い羽根がついた平たい帽子をかぶっていたこと。それに一度彼女は姉を家まで送ってくれたこともある。ヴァッサー小路を入って、門扉のところまで彼女はわたしたちといっしょだった。もし時間が遅すぎなければ部屋まで入ったかもしれない。道すがら彼女はわたしとも話をした。当時市立劇場で上演されていたシラーとヴィルヘルム・テルについて、楽しく語り合った――だがこちらのほうは確かな記憶ではない。他の娘だったことも十分ありえる。

なおもわたしは写真から目が離せず、なおも〈アンデュルコ、僕の娘〉のメロディーは窓から聞こえた。そんなふうにしているうち不意に子供じみた考えが頭に浮かんだ。わたしは自分の肖像を札入れに入れていた。そのキャビネ版の写真をこっそり取り出して、額縁のなかに、曹長の体がすっかり隠れるまで押しこんだ。それから一歩下がって喜んだ。いまや娘の隣にいるのはわたしだ。手が触れ合いそうに近く、顔は半ばわたしを向いている。口はやや開き、小声でわたしと話しているみたいだ。たとえばシラーのことを。なんだか二人でヴァッサー小路を夕暮れに、いつかのように劇場やテルの上演のことを話しながら歩いているような気がしてきた。わたしは現在を、軍務を、執銃教練を、柔軟体操を、背嚢検査を、日直を、演習出動を忘れた。昨日と明日の苦しみをことごとく忘れた、過ぎた時間のなかで愛する娘と並んで胸を轟（とどろ）かせながら街を行く恋する幼い学童となった。

とつぜん肩を打たれて目が覚めた。曹長がズボンにブラシをかけ終わって、わたしのそばに立っていた。

「どうした。なんだってつっ立ったまま弾薬運びの老いぼれ馬みたいにぼけっとしてる。そうか、この写真を気に入ったのか。そうに決まってる。他の奴らも気に入ってた」

「この人を知っているのですか」うろたえてわたしは聞いた。だがむしろ聞きたかったのは、二人のあいだに何があったかだ。どうして曹長がこの人と写っているのか。結局婚約したのだろうか。あげくわたしの口から出たのは馬鹿げたぶしつけな質問だった。

「親密な間柄だったんでしょうか」

曹長はすこし沈黙し、やがて真剣で考え深げな、ふだんの彼らしくない口調で答えた。

「親密な間柄だって。誰がそう言えるもんか」

そしてまた口をつぐんだ。わたしも心臓を興奮と嫉妬で昂ぶらせたまま、何も言い出さなかった。

「親密だと！」ふたたび話し出したその人は、もはや霰弾亭のフワステク曹長ではなかった。声音さえ聞き覚えのないまるきりの他人だった――「何を意味するのだ、〈親密〉なんて言葉は。二人で立って、湖の同じところを見ていた。それだけのことだ」

そして振り向くと机に屈みこみ、風刺雑誌をめくった。

「どんな人間とも他の人間以上に親密にはなれない」曹長はわたしと目を合わせずに古

雑誌をめくり続けながら言った。「誰だろうとお互いに何をすることがあるというのだ。同じ景色を前にして立っているだけだ。そうだろう、そうじゃないのか」

とつぜん曹長は目をこらし、取りもどす隙のなかったわたしの写真が、娘のとなりにあるのを見つけた。

笑い声が部屋中に轟いた。わたしは子供じみて馬鹿げた思いつきがきまり悪くなり、真っ赤になった。だがすぐ曹長は真面目な顔になり、わたしの写真を額縁から引き出した。

「恥ずかしがらんでもいい」その声に嘲りの響きはなかったが、あるかないかわからないほどの微かな苦味が感じられた。「お前の前にも別の奴が同じことをした。大勢の奴がこの女の隣に自分の姿を置いた。いうならば同じ景色に入った。そして親密になったと信じた。うまくいきそうになった奴も何人かいる。一人だけが今もってそこにいて、俺の姿を覆い隠している——だからといって、そいつが他の奴より親密だといえるか」

曹長は独特の激しいきっぱりした動作でマントをはおった。

「覚えておけ」そして曹長は言った。「人は人と親しくはならない。覚えておけ、いいか。最上の友でさえ隣に立つにすぎない。同じ景色の前でだ。それを友情と呼ぼうが愛とか結婚とか呼ぼうが、同じ額縁にむりやり押し込むことでしかない。マントの襞(ひだ)を整えてくれ、志願兵。そしたら出かけよう」

わたしはあっけにとられて曹長を見つめた。たった今言われたことは真実を抉っていて、一種の哲学でさえあるように思えた。だがどこから拾ってきたのだろう。自分で考え出せるはずはない。曹長からふだん聞けるのはきわめて俗っぽい、時には機知に富み時には品のない決まり文句だけだった。わたしは部屋を見回し、どんな本であの賢者の発想を読んだのかと探した。だが探偵小説と古い風刺雑誌しか見当たらない。そんなことは書いてなさそうなものばかりだ。

わたしたちは外に出た。本来の目的だったシュタイアのピストルは二人とも忘れていた。ネルーダ通りを下っていくうち曹長はいつものがさつな口調を取り戻した。そしてさまざまなことをわたしに語った。過去のちょっとしたできごと、日曜午後の計画、舞踏会のアバンチュール——どの話にも同じ結びの文句がついた。「こんな風にするべきだ。よく覚えとけ」わたしは半ば聞き流していた。なおもあの美しい娘のことを想い、曹長が彼女について話しだすのを待っていた。だがわたしの期待は空しかった。曹長は自分が征服したたくさんの娘の名を挙げたが、彼女がそこに入っていたかはわからなかった。どれほど記憶を探ってみても名前が思い出せなかったからだ。家に帰ったら古い書類を調べてみようと思った。学生バレエのソロダンサーの一人として彼女の名を載せた新聞を取ってあったはずだ。

その晩は酒場用広間の開いた扉のところで曹長に暇乞いをした。騒ぎや歌や笑い声が聞こえ、フリーダ・ホシェクの顔も見えた。すでに曹長の卓について彼の到来を待ち焦がれている。工兵たちはいつものように〈ユダヤ人街〉で身を寄せ合い、煙草パイプから濃い煙を吐いている。楽士らは〈ダリボル〉を演奏していた。

「つきあわんか?」曹長が聞いてきた。

「いえ、今日はやめときます。すぐ寝ます。熱が出たみたいなんです」

実際その日は一日中頭が痛くて全身に震えがきていた。飲料水から感染したチフスの初期症状で、この何日か後にわたしは発症した。

「熱?」曹長は笑った。「ははあ、狙いは看護室か。移転の一週間前に。そりゃ傑作だ。移動禁止ってわけだ。正直に言え、志願兵。俺は連隊軍医じゃないから、何を言ってもかまわん。お前猿山に行きたくないな」

チェコの兵士は自分らが必然性や正当性を理解できないものは何でも猿のものにする。チロルの頂なぞ余計なものと思い、その高さを阿呆らしく感じると、それを〈猿山〉と呼び、チロルそのものは〈猿の故郷〉と呼ぶ。

「チロルに行きたいのはやまやまなんですが、本当に気分が悪いんです」わたしは言った。

「来い。〈榴霰弾〉を一、二杯飲んでけ。病気には一番よく効く。もっともお前が耐えられたらの話だがな」

わたしは腹が立った。なぜ霰弾亭で〈榴霰弾〉と呼ばれるシュナップスに曹長と同じくらい耐えられないなどと言うのか。

「曹長に負けずに耐えてみせますとも。二グルデン賭けましょう。なんなら十グルデンでも」

「賭けるな、賭けるな」曹長はそう言ってわたしを酒場に押しやった。

霰弾亭はいつもながら賑やかで、楽士は〈お前は可愛い女漁師〉や〈ああキスしたのは肩だけだ〉といった流行歌や古いオペレッタの曲を奏し、合間にクロイツァー貨や五ペニヒ貨を陶器皿に集めていた。兵卒たちはすでにお別れ気分で、喇叭(らっぱ)手は卓を回り故郷のチェコでの再会を祈って飲んでいた。客の何人かがチロルの駐屯地を嘲る歌を作り、座興に披露した――「あそこの娘はまあまあだ。それ以外はどうしようもない」別の兵士はトレント娘の美しさと愛想のよさへの期待を語り、愛人に嫉妬を起こさせようとした。もう一人は大声でチロルにもザウワークラウトやクネーデルや、「そしてビールもあるのか」と訊ね、もしないなら脱走すると言っていた。曹長はいつものように上機嫌で、賭け事をし、ヴァイオリンを弾き、踊り、歌い、楽士たちとふざけあい、そのあいまに〈榴霰弾〉のグラスを次から次へと空けた。お代わりを注文するたびに、わたしにも一杯差し出して、同じく一気に飲み干させた。あの娘のせいで起こった嫉妬がわたしを駆り、飲むことでも何でも同じくらい立派にやってのけられることを曹長と己に証明させようとした。

一年志願兵学校の同窓生たちが広間を通って特別室へ向かったが、途中でわたしのほうを振り向いて頭を振った。軍務時間外に下士官と交際することは固く禁じられているというのに、酒場で曹長とその愛人と一緒の卓に座って乾杯しているからだ。だがわたしは気にしなかった。それがどうしたというのだ。もしこの件で譴責(けんせき)されたら、曹長は自分の従兄弟だとか伯母の兄弟だとか言えばいい。

飲むにつれて熱と震えはますます激しくなった。だがわたしは止めなかった。帰りたくはなかった。そして曹長があの人の話をふたたび始めるのを待ちわびた。部屋の写真に写ったあの人の話を。ところが曹長は口数少なく、あの人のことはいっさい話さなかった。それでもわたしは居残った。チェコのわらべ歌が頭に浮かんだ。まだ小さかった頃、料理女からよく聞いた歌だ。

「僕は家に帰らない
　僕は家に帰らない
　帰ったら打たれるから」

わたしはこのメロディーを口ずさんだ。たえず決意を固めるために。

そろそろ一時だ。楽士たちは楽器をしまって広間を出て行った。他のものも次々と勘定を済ませて帰った。大量のシュナップスがわたしの頭に昇った。くたくたに疲れ、惨めな気分になった。痛む頭を両手で支えて、空になった広間に震えながら目をやった。だがとつぜん恐怖にかられて曹長の腕を摑んだ。曹長は今は卓に戻り自分のグラスを無言で見つめている。

煙草の煙を透かして、酒場のビールとワインの霧を透かして、大きく不恰好な怪物が、ゆっくり大儀そうに部屋の隅から這い出てきた。

それらは嫌らしい巨大昆虫に見え、黒く小さな頭と細く長い脚が縺れ合っていた。動かない緑の目で眺め、じりじりとわたしと曹長を目指して這い寄ってきた。嫌悪と恐怖で叫び声をあげ、曹長の腕をしっかりつかんだ。だが曹長は平気だった。声が聞こえたが、その響きは奇妙で、覆いがかかり、遠くから発せられているようだった。

「なんでもない！　そのまま眠ってろ。これは俺の思い出だ。恐がるな。お前に関係はない。過ぎた日のことだ」

だがとつぜん思い出どころでなくなった。過ぎた日々でも昆虫でもない。今気づいたがそれは工兵たち――黒い帽子をかぶる〈ブリキ蠅〉だった。工兵たちは曹長だけを見て、黙りこくって復讐の念に燃え、憤怒もすさまじく襲いかかった。

曹長は飛びあがってビールグラスを全部手に取った。

「ほらお出でなさった。気をつけろ。奴らは本気だ」

　それから後は何も見てないし聞いてもいない。何が起こったかはわからない。疲労とシュナップスと眠気に襲われて、わたしの頭は卓に伏した。

　揺すり起こされたとき広間はがらんとしていた。卓や椅子が倒れ、割れた皿やビールグラスが床に散らばっている。最後の何人かの工兵が鞭打たれた犬みたいに出口めざして這って行った。工兵たちのシャツはたいてい裂けたり濡れたりしていて、誰もがおずおずと横目でフワステク曹長を見ていた。曹長はビールグラスを手に、自分の卓に凭れていた。扉に向かう工兵の一人一人に嘲りの言葉を投げながら。

「救援所は右方奥だ！　急げ！」頭に手をあてた工兵にそう叫んだ。

「照準五百、命中！」笑いながら濡れた雑巾を逃げる工兵の一人に投げつけ、音を立てて頭に命中させた。

「ほら受け取れ！　糧食全部だ」三人目にそう言って聞かせ、グラスに残ったビールをぶちまけた。

　そしてふたたび自分の席につくと、腕をフリーダ・ホシェクの華奢な体に回し、新しいビールを注文して煙草に火をつけた。

　それからわたしに目をやって笑った。

「何てざまだ。志願兵、もう降参か。お前何グルデン賭けるって言ったっけ」
まさしく降参だった。わたしは人の手を借りて部屋に戻り、ベッドに寝かせてもらわねばならなかった。もはや歩けなかったから。フワステク曹長と歩調を合わせて飲もうとするものは、ひとり残らずそんな目にあっていた。

翌日は二度しか曹長に会っていない。一度は練兵場で補充予備兵を行進させて「右向け右！」「左向け左！」を仕込んでいた。わたしのほうを向くと、いったん列の監督をやめて、後頭部を何度かはじいた——まだシュナップスが頭に響いてるか、という意味らしかった。それから新兵のひとりをつかまえて、お前が不器用なおかげで全員の方向転換がだいなしになったと、瞬時に侮辱的な仇名を思いつく限り並べ立てた。捏ね桶、野生の驢馬、麵棒、ごみ虫、下水溜め、角生やし、それから〈民間人〉。

その二日後に部隊の靴直し屋のところでまた会った。曹長は長靴に釘を打たせていた。そのとき言うには、お前はシュナップス決闘をなかなかよく戦った。いいか、お前は立派な将校になる。俺がお前の前で〈気をつけ〉をしてるのが見えるようだ。そして土曜日の昼前、カフェ・ラデツキーで曹長を待つことになった。散歩の供をさせたいのだそうだ。ふだんは毎週末日が充てられる兵舎清掃はこの日は中止になり、当日と翌日は軍務が解かれた。移動の支度をし知人に別れを告げられるようにだ。火曜以降は兵営からの外出が禁じられる。連隊は行軍の用意を整えていた。

わたしはすでに細々とした支度を終えていた。携帯食糧、移動中の読み物、イタリア語文法書、そして「高山地方旅行者案内」を買い込み、知り合いの皆に別れを告げた。——友には自らの手で摘んだエーデルワイスを自慢げに約束し、そして皆にボルツァーノの果物箱詰めを——そしていまやもう一度古い街並みを気ままに散歩し、別れがたい街の姿を最後に目に焼きつかせるのに絶好の時となった。

土曜日はラデツキー広場前でカフェハウスの月桂樹のあいだに座っていた。風が卓に置いた新聞をはためかせた。全部を読む気にはなれなかった。わたしは待ちくたびれ、それとともに疲れて力が抜け、なんだか打ちのめされたようになった。行軍前の気の昂ぶりとばかり思っていたが、実は病気で、すでにチフスに罹患していたのだ。そのときは原因のわからなかった不安と昂奮のなかで、わたしは給仕に勘定を命じた。おりしも曹長が来るのが見えた。

曹長は石の橋を渡り、通行料金を払うときに出した財布をまだ手にしたまま広場を横切ってわたしのほうに来た。すでにすぐそこまで、十歩と離れていないところまで来ていたので、立ち上がって出迎えようとした——すると奇妙なことが起こった。

曹長は立ち止まり、じっとわたしを見つめ、とつぜん顔を赤らめた。そして軽く頭を下げたわたしを空気ででもあるかのように見て、何秒かのあいだ立ち止まったままでいたと思ったら、いきなり無言の号令に従うように向きを変えた。そして広場を横切ると、散歩する店員や銀行員や売り子のなかに混じった。散歩者に紛れて姿を隠そうとしたのは明らかだった。だがしばらくは姿が見えた。曹長は他の人より頭二つ分背が高く、ずっと目で追っていれば見失いようがなかった。大またの足取りで、立ち止まりもせず、こちらを振り向くこともなく、曹長がどんどん遠ざかっていくのをわたしは見ていた。聖ヴィート大聖堂に通ずる小路に向かって進み――「手袋屋の看板方面に進行中」軍事教練を受けた頭にこんな文句が自動的に響いた。そしてわたしには、曹長は遠ざかれば遠ざかるほど小さくはならず、逆に大きくなるように、一歩ごとに背丈が伸びるように感じられた。チフスの発熱と悪寒のせいだ。不確かな驚きの目で世界を眺め、まわりのものが、家や樹や、広場の中央にある騎士の石の記念像や、壁の帽子やマント、カフェハウスの卓上のマッチ棒入れや目の前にあるグラスの水も――何もかもが陰険な悪意を持っていて、奇妙な遠近感のうちに幽霊じみたものに化したように思え、わたしを不安に陥れた。だが何といっても一番驚かされたのは曹長の奇妙な態度だったから、いったい何を突然恐れたのか、その元を探りたくなった。

カフェハウスは閑散としていて、新聞を読んだりドミノ遊びをしている四、五人の客しかいない。給仕は隅で〈バイエルン郷土誌〉を読んでいる。これは高位聖職者用に置いてあるもので、ときどき聖ヴィート大聖堂からカフェハウスに送られてくる。どこかの連隊の中尉が遠くない席に座っていた。その桜ん坊色の吹き出物に見覚えはなかった。わたしはその将校を恐れと驚きで一杯になってしばらく見つめていた。悪寒が体をぞくぞくさせ、手を震わせた。この見知らぬ将校が死の使いだとはこの時点ではまだ知らなかった。だがこの男が過去の生からフワステク曹長を捜しに来て、曹長が逃走したのはその迷い弾が彼方から自分目がけて来るのを見たからだということはおぼろに察せられた。

わたしの無遠慮な視線は中尉の気に障ったらしい。わたしを横から見て神経質に髭をひねり、何度か「勘定！」と叫び、給仕と小声で話していた。そして立ち上がると、不機嫌にあらぬ方を見ながら、わたしが起立して敬礼するのも無視してゆっくりと店を出て行った。

曹長とは昼食のときに酒保で顔を合わせたが、あの奇妙な振る舞いのわけは説明してもらえなかった。お前がカフェハウスにいないので腹が立ってすぐ店を出たと言った。なぜ見つからなかったのだろう。曹長はそれから一人で散歩したそうだ――せっかくいい天気だったのに退屈したぞ、二人ならもっと楽しかったのに。曹長はそう言ったがわたしは信じられず、逃げ出した本当の理由を隠しているのだと思った。桜ん坊色の吹き出物のあるあの将校の顔を忘れられず、午後に二人で通りを歩いているときも、われわれと行き会う大勢の通行人のなかに、あの顔をふたたび見出したようにも思った。どこに顔を向けても、曹長を追いやりわたしをあれほど不安に陥れた男の細く犀利な横顔と固く結んだ唇が浮かぶ。目に映る誰もかもがあの中尉の顔をして、無愛想に蔑むようにこちらを見て、ごく近くまで来るか、あるいは姿を消す直前にならないとその表情から敵意は消えない。

だがその当人にふたたび出くわすことになった。しかもその日のうちに。それを望んだのは〈偶然〉だったのか、それとも己の道を迷わず進み何人をも逃さぬ〈運命〉だったのだろうか。

曹長とわたしはヴァーツラフ広場の菓子屋に寄ってボンボンとチョコレートを被せた棗の実を買った。フリーダ・ホシェクが前の日に曹長にねだったものだ。

わたしは入口脇の壁に寄りかかって売り子の娘が袋を天秤に載せるのを眺め、曹長は金を払うために財布を出した。そのときわたしの脇の扉が開き、あの見知らぬ将校が婦人と腕を組んで入ってきた。一瞬しか顔を見なかったがあの中尉なのはすぐにわかった。

曹長は真っ青になったが、気をつけの姿勢をして敬礼した。中尉はそちらを見て挨拶を返し、そしてもう一度曹長を見た。そしてとまどったように連れの婦人にもの問いたげなまなざしを向けた。彼女が中尉の耳に体を傾け、二人が小声で話を交わすのをわたしは見た。曹長は気をつけの姿勢のままだった。中尉は婦人の腕を離すと曹長に詰め寄った。

「フワステクか？　フワステクじゃないか。しゃちほこばらなくてもいい。お前がここにいるなんてびっくりしたよ。あやうく見逃すところだった」

そして曹長の手を握って振った。そのときガラス扉に目を走らせたのは、きっと曹長に握手の手を差し出しているところを見たものはいないか確かめたかったのだろう。婦人のほうも前に出て、わたしは曹長が軽く前かがみになって唇を彼女の手にあてるのを見た。「わたしはすぐにわかりました、インドジフ」と彼女は言い、そのときようやくその顔を見ることができた。

血がわたしの頭に昇り、床が揺らぎだした。何もかもが回りだしたので、目をつむらねばならなかった。風変わりな装飾が閉じた目の前で踊り旋回した。灰色の、黄色の、青色のさいころからなる四角形と薔薇模様が組み合わさって昇ったり消えたりまた現われたりくっつきあったりした。これは古い、とうになくなった敷石だ。子供の頃住んでいた街の敷石だ。毎日学校に行くとき眺めた舗道の石の形だ。そして突然気づいた。将校と腕を組んでいる婦人はテニスコートの娘だ。わたしが何年も恋い焦がれた、写真が曹長の卓にあった娘だ。

なぜあの人がここに？　いままで何年もどこにいたのだ。わたしはまた目を開けた。彼女がわたしを認め、話しかけてくれるものと信じ、それを恐れた。外に出ていればよかった。今はほっそりとして、痩身といってもいいくらいで、ういういしさは薄れている。変わったところはいくつもあったが、声の響きだけは昔のままだ。人の話を聞くときの仕草も同じで、頭を持ち上げ、顎を少し突き出して目を閉じる——傾聴するときこの人は、長く太陽を眺めたみたいな表情をする。

「なあフワステク、一度訪ねてくれよ。それもなるべく早く。できれば今日にでも」と中尉は言った。そしてとうとう曹長の手を放すと、婦人のほうを向いた。

「今晩は出かけない予定だったね」

彼女は相変わらず曹長を見ていたが、その言葉にうなづき、微かに笑みを浮かべた。

「インドジフ、すぐにあなたってわかった」そう言った声の響きは改めてわたしを身震いさせた。「一目であなただってわかった——その袋は何なの？」

「ただの棗ですよ」曹長は答え、微かにお辞儀をして袋を差し出した。「チョコレート棗です」

彼女はボンボンをひとつ摘み、舌をチョコレートに挿しいれた。

「おいしい！　アルテュール、わたしも欲しい。インドジフはいつもいいものを知ってるわね」

彼女は曹長に微笑みかけた。

「今度はどんなきれいなご婦人に買ってあげたの、罪作りな人」

わたしはボンボンの貰い手であるフリーダ・ホシェクを思い浮かべざるをえなかった。

あの女に〈きれいなご婦人〉らしいところは少しもない。瘦せぎすで、小柄で、見栄えがせず、顔に痘痕がある。だが曹長は表情を変えず、ボンボンがハラッハあるいはクーデンホーフ伯爵夫人用であるかのような態度をとった。

三人はそのまま話しこんだ。主に中尉が喋り、曹長はわたしの知らない名前を口にし、わたしの知らないことを話していた。いっぽうあの人は顎をほんのわずか突き出して、目を半ばつむって、わたしがいつか帰宅への道すがらウィルヘルム・テルの上演の話をしたときのように会話に聞き入っていた——そしてようやく中尉は曹長に手を差し出して言った。

「それじゃまた、フワステク。今晩会おう。聞いてるか。楽しみにして待ってるぞ」

「絶対お茶に来てくれなくちゃだめよ、いい？　あなたがいま親しくしているきれいなご婦人は、今は可愛くなくなった昔の女友達のところにあなたが行くって聞いたら、きっとお暇をもらいますって言うでしょうけど」

彼女はここで笑い、さらに続けた。

「今はカルルス通り十二番に住んでるの。いるのはわたしたち二人と、あとはわたしの母だけ。母は知ってるわね」

「いいかい、フワステク」中尉が言った。「家には息子と娘が一人ずついる。ぜひ会ってくれ。八時半頃来てくれれば、まだ寝てはいない。それじゃまた今晩」

曹長は少し前かがみになって、サーベルを握って身を支え、親しげで余裕のある笑みを唇に軽く浮かべていた。その表情はあのハルシュタット湖での写真にそっくりだった。冷笑と愛想とが相半ばする気品のある表情はわたしの見たことのないもので、とうに過ぎたいつかの時に属していると思われた。あのがさつで野蛮で賑やかな、霰弾亭で飲み仲間と騒ぎ、工兵らに鞭をくれ、楽士たちと俺お前で話し、女たちに品のない冗談で呼びかける曹長とはまったくの別人だ。中尉はもう一度挨拶を返して曹長と別れた。わたしには目もくれず、妻とお喋りしながら隣りの部屋に入っていった。そこには小さな卓があって、泡立てた生クリーム入りのコーヒーやココアが供される。かれらがガラス扉の向こうに消え、ガラス越しに影だけが見えるようになったときようやく、ずっと記憶で捜していたものを見つけた。あの人はウルリーケという名だ、そして家ではモリーと呼ばれていた。

歩いているうちに自分の内気さに腹が立ってきて、二人の卓まで行く勇気のなかったのが許しがたい愚かさに思えてきた。中尉に慇懃に自己紹介をして、「こんにちは、モリーさん。まだわたしのことを覚えていますか」と言えばよかった。そうしたらわたしも招いてもらえたかもしれない。でももう遅い。なんという間抜けだ。臆病な己にびんたを張りたくなったが、すぐに何もせずにいてよかったと思えてきた。きっとあの人はわたしのことはとうに忘れているだろうから、たいそうきまり悪い思いをしたに違いない。

だがひそかに、曹長が自分も誘ってくれればいいがと思っていた。ほんとうはあのとき、わたしも連れて行く許可を願うべきだった。なにしろ友人なのだから少しもおかしくない。とても簡単なことだったのに——

「どうか奥様、わが同僚を連れていくのをお許しください。一年志願兵のアウグスト・フリーセクです」——そしたら進み出てお辞儀をしたものを。

そこに思いいたらない曹長はなんて馬鹿だ。思いやりのない無作法者だ。わざわざ午後をつぶしてつきあってあげたのに。

わたしたちは黙ったまま並んで歩いた。わたしは気分を害し、曹長は何か考えこんでいた。

すでに兵営が近いのに曹長がまだ何も言わないので、わたしは自分から話を訪問にもっていった。

「平服が要るんじゃありませんか、曹長。よかったらわたしのを用立ててください」

「平服だと？　俺が？　どうして」

「軍服のまま行くつもりなんですか——あの人たちのところに」

「モリーのもとに」と口から出そうになったが、あやういところで言い換えた。

「馬鹿野郎！」曹長が言った。「この俺が行くなんて思ってやしないだろうな。まるきりそんなつもりはない」

「もっともです！」口ではそう同意したが、内心ひどくがっかりした。「そんなに綺麗じゃなかったですものね。写真のほうがずっとよかった」

「そんなことじゃない」と答えが返ってきた。「俺はもうそんな訪問に向いてないんだ。いいか、志願兵。お茶の席に座ってサンドイッチを齧（かじ）って、最新号の雑誌について気の利いた会話をして、奥様奥様と上品ぶる――俺はもうそんな男じゃない。もしかすると昔はそうだったのかもしれない。だが今の俺は第三大隊付曹長インドジフ・フワステクだ――。いまさら何をやらせたいっていうんだ。どうかほっといてくれ。今晩は霰弾亭に行く。もしお前が先に着いたら、志願兵、あとから俺が来るとフリーダに言っとけ」

ネルーダ通りの急な坂に来たのでしばらく二人とも黙ったまま歩いた。ポホジェレツまで上りきったとき、曹長は立ち止まってこう言った。

「いいかお前、だしぬけに己の過去に出くわすほど恐ろしい災難はない。サハラ砂漠で迷おうとも己の過去に迷ったよりはたやすく脱出できる。いいか、七年か八年か前、俺はリヴォルヴァーを弄んで自分に言ってた。『あと一時間で何もかもが終わる』そこに連隊の老大尉が来た。テルクルという名だった。今考えてもその手のことに経験を積んだ人だった。なにしろ三十五年の筋金入りで、しかも大昔には確かトスカナかモデナの軍隊にいたというんだ。俺がリヴォルヴァーを持ってるのを見ると、そいつは笑い飛ばしてこう言った。『フワステク、わしはちっとも心配しとらん。お前は撃ちはしない。撃ちはせんとも。悪い日もあれば良い日もある。そう簡単に自分は撃てやせん。お前は頑丈な男で、死ぬには人生に楽しみがありすぎる。リヴォルヴァーを使うとも思えん。だが一つだけ言わせてくれ。過ぎたことは振り返らんよう、くれぐれも気をつけろ。振り返っちゃおしまいだ。いいか、わかったな』──確かにあいつは正しかった。あの老いぼれテルクルは。人間は過ぎたことを振り返っちゃだめだ」

フワステク曹長が過去を語ったのはそのときがはじめてだった。だがわたしはじりじりして聞いていた。老いぼれテルクルや、その人が八年前に言ったことが、わたしに何のかかわりがあるというのだ。曹長が話しているあいだにわたしはある計画を練りだしていた。

曹長が出かけないなら──かえって好都合だ、それなら自分で行こう。曹長の代わりに行って、呼び鈴を鳴らして、こう言うのだ。フワステク曹長の代理として奥様にお目にかかるよう命ぜられました。すると客間に通してくれるだろうから、こう伝える。曹長はお詫びを申してくれとのことでした。具合が悪くなってお伺いできないからと。「ところで奥様、わたしたちは前に会ったことがあります。ベルヴェデーレのテニスコートで。ええ、何年か前の話です。わたしはアウグスト・フリーセクといいます。ええ、そのとおりです。わたしの姉は奥様と親しくしていました。──お茶はいかが？──ありがとうございます奥様、もしご面倒でなければ」

それがわたしの作戦だった。後で曹長に知れたってかまうものか。釈明を求める権利は曹長にはない。なんといってもわたしもあの人とは知り合いなんだし、もしかしたら曹長より古くからの知り合いかもしれないから。

曹長とは兵営に着いたところで別れた。

「霰弾亭に行ったら」曹長は言った。「小隊長のヴォンドラチェクに伝えとけ。賭けトランプをやるから相手を集めとけって。金ならたんとある、今日俸給が出た。〈ポーランド銀行〉だろうが〈グリューネ・ヴィーゼ〉だろうが何だって相手してやるとな」

そして彼は去っていった。

八時半にわたしはカルルス小路にいた。四半時間のあいだ建物の前を行き来するだけで階段を上る勇気が出てこなかった。四階では四つの窓に明かりが灯っていて、何人かの影が通り過ぎるのが見えた。一人はあの人かもしれない。わたしは暗がりのなかで向かいの壁に体を押しつけ、誰かが窓辺に寄ってきても気づかれないようにした。息もろくにできず、心臓が高鳴った。あの人はあそこに住んでいて、あの暗いカーテンの陰で眠るのか。向こうの扉から日々外に出て、そこにあるこじんまりとしたカフェハウスに毎日目をとめるのか。

テイン教会の鐘が八時四十五分を打った。わたしは気を引き締めて開いたままの門扉をくぐった。泥棒のように忍び足で階段を上った。今にもこの建物に住む誰かが顔を出して、何の用かと訊ねるのではと恐れた。とうとう四階に着いた。一番手前の扉には〈フレデリーケ・ノヴァク〉という真鍮の名札が掛かっている。ここじゃない。だがその向かいの扉に貼ってある名刺には〈中尉アルトゥール・ハーベルフェルナー〉とあり、その下に〈二重帝国 ライナー大公歩兵連隊〉と添えられていた。

とうとう来てしまった。わたしは自分の軍服に目をやった。変なところはない。長靴は磨きあがっていて、手袋は清潔で白い。ベルトは輝き、マントも皺ひとつない。それから三十秒だけ待った。階段を上って息を切らしていたから。

そして呼び鈴の紐を引いた。もう気は静まって、すっかり落ち着いている。あまりにも平静なので自分で驚いた。そもそも何を心配することがあろう、自分の言うべきことは正確にわかっている。

小間使いが扉を開けた。わたしの顔は真っ赤だったに違いなく、彼女は不審げな目つきをした。奥様にお目にかかりたい、といったようなことをわたしはつかえながら言った。

「少々お待ちください」と小間使いは言い、わたしを控室に立たせたまま部屋を出た。

半分開いた扉から聞こえてきたのはピアノを弾く音と、子供たちの笑い声と、それから——あの人の声ともう一人の声、低い男の声。これがわたしを動顚させた。フワステク曹長の声だ。ここにいる。間違いない。見ると曹長のサーベルが壁に掛けてある。帽子とマントも。チョコレートボンボンの包みが左のポケットからのぞいている。

不意にピアノの音が止んだ。誰が来たのか見ようとして立ち上がったのだ。悪魔に追われるようにカルルス小路をわたしは扉から走り出て一気に階段を下った。石の橋を渡り、対岸まで来てようやくあたりを見回す余裕ができた。いまごろあの家では誰が来たのかと首をひねっているかもしれない。一晩中話題の種になるかもしれない。〈闖入者(ちんにゅうしゃ)〉などと呼ばれて、部屋の隅々まで捜し回って、もしかしたら警察に知らせるかもしれない。——何が起こっていようとここにいれば安心だ。

わたしは深く息を吸った。何と軽率だったことか。おまけに無鉄砲すぎた。せめてもの幸運はうまく逃げられたことだ。とっさに機転を利かせられたことに自分で自分に感謝した。何もかも失敗だったわけじゃない。すくなくともあの人の家の控室だけは見られた。小間使いの顔も知った。——なんとなくあの人が身近になったように感じられた。

時間は九時を回っていた。わたしは霰弾亭に向かった。

そしてずっと自分の卓に座ったまま、何も飲まず、誰とも一言も話さず、注文した夜食は手をつけないまま放っておいた。やがてフリーダが来て、わたし一人なのを見ると同じ卓に座った。そしてしばらくもの欲しそうな視線を、わたしの皿の冷えてしまった子牛の炙り肉に向けていた。やがておずおずとためらいがちに自分のほうに皿を引き寄せて食べだした。言い訳するようにこう言いながら。

「どうせインドジフが払うんだから」

わたしは何も言わなかった。思いはカルルス小路の部屋から離れられなかった。明かりの灯った窓。笑う子供たち。お喋りする声。考えれば考えるほど自分が情けなくなり、わたしはますます内に閉じこもった。隣の卓では砲兵たちが〈二十一〉をやっている。騒ぎはふだんにもましてけたたましく、卓の全員が親の強欲といかさまを非難していた。

支払いを済ませて帰ろうとしたのは十一時半頃だったが、そのとき曹長がやって来た。彼はマントを脱いで椅子の背もたれに投げかけると、わたしに手を差し伸べた。

「ここにいたのか。志願兵、お前だってことはわかってた。お前もいたら喜ばれたろうに。あの中尉夫人に」

「フワステク！〈二十一〉だぞ、仲間に入れ！」隣の卓の砲兵が呼びかけたが、曹長は耳を貸さなかった。

「上手なピアノだったろ」曹長は喋り続けた。「考えてもみろ、二時間も俺のために弾いてくれたんだぞ。俺一人のために。俺がどんな曲が好きか、ちゃんと覚えていてくれた。俺は忘れていたのに。どうして何もかも覚えていられたのか、不思議でたまらん」

「まずはこの前負けた分を払ってくれ、胴元になる前に」賭けの卓から誰かが叫んだ。

「フワステク、こっちに来い！　親になってくれ。こいつは詐欺師で一文も持っちゃいない。自分のものになった金はちゃっかりせしめるが、負けたときは借りにする」

「あの人の本棚には詩集があった。十七の誕生日に俺が贈ったものだ。傷まないように薄葉紙に包まれてあった。それほど好意を持っててくれたのに、俺はちっとも気づかなかった」曹長がつぶやき声で言った。

「感傷的にならないでください」わたしは言った。話はわたしの嫉妬を煽って憤らせた。

「あの人の年とった母親もいた」少し間を置いて曹長はまた話しだした。「白い服を着た俺を抱いてあやしてくれたそうだ――白い服を着た子供の第三大隊付曹長インドジフ・フワステクなんて想像できるか？」

わたしは首を振り、退屈した目つきをしてあくびをした。自分の愛する人について話される言葉を、どれほど貪欲に聞いているかを悟られたくなかったから。

「あの人のアルバムに俺の写真が貼ってあった。あのほっそりした白い手でお茶を注いでくれる様子を見せたかったよ。それから息子と娘も部屋に来た。二人とも俺の名を知ってて俺をおじさんと呼んだ。〈インダおじさん〉と呼んでくれた。どちらもとても可愛い。今度行くときは絵本を買っていってやろう。そしてあの人の夫は、彼女がどれほどたびたび俺の噂をするかを話してくれた。それなのに俺は八年間も獣みたいに呑んだくれて罵って喧嘩して、他人が羽根ぼうきでさえ触れたがらなさそうな女の脇に座っている」

曹長はドイツ語で話していたからフリーダには一言もわからなかった。だが目が自分に向けられたのは感じたらしい。ナイフとフォークを置き、ビールグラスを一息にあおると、愛しげな満ち足りた目で曹長を見た。

老楽士コトルメレッツは退屈しだした。いつになく長く曹長は自分の卓に座ったままでいる。ふだんなら楽士たちと悪ふざけをしているはずなんだが。なぜ今日はヴァイオリンをひったくって自分で弾いたりしないんだろう。

休憩時間のあいだコトルメレッツはしばらく曹長の近くをうろつきまわったが、今日の曹長は一眼もくれない。とうとうコトルメレッツはヴァイオリンをこっそり卓に置き、自分は大きなコントラバスの後ろに隠れ、そこから「フワステクの旦那、一曲どうですか。ヴァイオリンならそこにあります」と声色を変えて呼びかけた。

将校も下士官も歩兵も床を踏み鳴らし、ビールグラスを拍子を取って卓にぶつけながら叫んだ。

「演れフワステク！　やれフワステク！」

「おいで、愛しいひと、来て見てごらん
　いくさで俺はどうなったかを」

トランプをしていた一人が励ますように歌いだした。

「俺は敬礼なんかせず
　ひそかに思った、首吊りやがれこの野郎」

もう一人がそれに応えた。

「やれフワステク！　やれフワステク！」　あらゆる卓から拍子をとった掛け声があがった。その声を工兵たちが大げさに真似をして、部屋の隅から高音や深い低音で「やれフワステク！　やれフワステク！」とからかうように叫んだ。

曹長は機械的にヴァイオリンを取って弓を弦に走らせた。だがたちまち弓もヴァイオリンも卓に放り出し、グラスと皿を鳴らせた。そして勢いよく立ち上がった。

フリーダ・ホシェクは曹長のマントのポケットから棗の実が入った包みを取り出した。中尉夫人が味見をしたあれだ。心を動かされ感謝したようすで、一つまた一つと口に押し込み、美味しげに微かに舌を鳴らしておそろしい速度で平らげ、種を青いチェック模様のハンカチに包んだ。その肩を曹長がつかみ、包みをもぎ取った。フリーダは驚いて椅子に崩れ、体を縮こまらせたものだから、痩せた顔の大きな痘痕がいやおうなく目立った。

「もっとやれ！」隣の卓から声があがった。「もっとやれ、フワステク！」あちこちから声があがった。工兵らは隅で鬱憤晴らしの奇声を発している。「もっとやれ！　もっとやれ！」とうとう銃修理係のコヴァッツが拳固で卓を叩いてわめいた。

「おい見ろ、ブリキ蠅どもがあつかましくなってきたぞ」

「あいつら何ほざいてやがる。無駄口叩きやがって。かまってやる奴がいないんで喜んでやがる」もう一人が叫んだ。

「ブリキ蠅の畜生めら！　見るだけで胸がむかつくぜ」

「あのズボン見てみろ。石炭袋で作ったんじゃないか？」

「名前だって野豚みたいだろ。あそこの奴はライダーマン、向こうのはクレッチェンバウアーっていうんだ」

「ライダーマンに反吐が出る、クレッチェンバウアーにも反吐が出る」銃修理係のコヴァッツがわめいた。

「どの部隊から来た」猟兵の一人が叫んだ。「イエスさまの着物を賭けた奴はどの部隊から来た？　工兵隊さ！」

「それからヘロデが子供殺しにベツレヘムへ遣わしたのは誰だ？」砲兵がわめいた。

「工兵だ！　工兵じゃなきゃ行くわけない」

やがて叫び声と笑い声はおさまった。工兵はそうした罵言に何とも応ぜず、隅で煙草パイプの煙をもくもくと吐くだけだった。兵卒たちは不審そうに曹長のほうに目をやった。ふだんなら工兵が槍玉にあがると率先して嘲り罵るはずなのに。いちばん毒気のある野次を口にのぼせ、とうてい信じがたい逸話をでっちあげるのはきまって曹長だったのに。今日はむっつりとして、頭を椅子の背もたれに載せて天井を見上げている。

「見ろフワステクを。今日はどうしたっていうんだ」老コヴァッツがたずねた。

曹長はあたりの騒ぎや問いかけを聞いていなかった。小声で誰にともなく喋っていた。

「年とった人間が思い出すことってのはおかしなもんだ。俺が子供で白い服を着てるって――それなのに俺はここで座って、クズどもや悪党やいかさま師や取り持ち屋を相手に喧嘩してる。なんてこった」

騒ぎが一段落して、一同が静かに飲み続け、賭けを続け、誰も工兵を気にしなくなったとき、中の一人が非常な注意を払って体をずらし、隅から椅子を動かしだした。最寄りの卓にすぐさまつかず、ゆっくりゆっくり、いつでも引き返して隅に身を隠せる構えをしながら、じりじりと近づいてきた。砲兵はあいかわらず〈二十一〉を続け、猟兵の一人は恋人とワルツを踊りながら舞台と卓を行き来し、誰も工兵を気にかけなかったので、彼はそのまま椅子といっしょに卓めがけて動いていった。その後ろには第二の、そのまた後ろに第三の工兵がつき従い、三人とも他の卓に空いたところはないかと目で探っている。場所を見つけると、絶えず曹長をうかがいながら座を占めた。兵士たちは闖入者を軽蔑の目で見て後退しただけで、隅に行けと命ずるものはおらず、曹長が業を煮やして立ち上がり隅のゲットーへ追い散らすのを待っていた。

だが期待はかなえられなかった。曹長は座ったきりで、工兵など気にならないようにガス燈の炎や天井の蜘蛛の巣を眺めていた。

そこで工兵たちは勢いづいた。一人また一人と隅から出てきて、椅子やビールグラスを置く隙間のある卓にことごとく陣取った。くつろいだ姿勢で脚を伸ばし、帽子を卓に置いて、グラスをぶつけ合い、小声でお喋りをはじめた。次から次へと暗い隅から工兵は現われ、これだけ大勢がどうしてあんな狭いところに座っていられたのか、誰もが不思議に思うくらいの数になった。たちまちあらゆる卓で工兵は多数派になり、いくつもの卓で他の兵士を押しのけ、あえて近寄ろうとしないのは曹長の卓だけになった。曹長は例によってフリーダとわたしだけを供に卓を占領していた。だが隣の卓に座る工兵のうち、ひときわ厚かましい男が、いきなり身をかがめて卓の下でフリーダの手を捉え、無作法にも優しく握った。

彼女はそれを押しのけ、曹長の肩にしがみついた。だがフワステクはその腕を振りほどいた。蜘蛛を袖からふるい落とすように払いのけた。工兵はますます大胆になった。

フリーダの隣にしゃがみこんで膝と腕を撫ではじめ、腕を自分の顔に押しつけると他のものはどっと笑った。フリーダは撥ねつけ、曹長にぴったり寄り添って叫んだ。「ねえ見て。こいつのしてることを。このずうずうしいのを追っ払って。ほんとになんてことかしら」

曹長は立ち上がってマントを羽織った。「こいつを好きになったのか？」彼は言った。「この男が気に入ったのか。ならこいつはお前のものだ。気に入ったならくれてやる」

フリーダ・ホシェクは怯えたまなざしを曹長に向けたが、曹長はそれ以上何も言わず、卓の列をすり抜け、何もかもどうでもいいといった顔で表の街路に出た。フリーダが扉のところまで追いかけた。

「インダ！」彼女が叫んだ――フリーダは曹長をそう呼んでいた――「インダったら！いったいどうしたの？　どこに行くの？　いつ帰ってくるの？」――だが何一つ答えは返ってこなかった。フリーダはそのまま、どっちつかずの態度で、曹長に何が起きたのか、追っかけて走ったほうがいいかを考えているように扉口に立っていたが、やがて呆然と情けない顔をしてわたしのいる卓に戻ってきた。

広間はいまや工兵だらけになった。他の兵卒は一斉に姿を消した。どこを見ても鋼灰色の帽子と絹の徽章ばかりだ。工兵らはくつろぎ、歌い騒ぎ、猟兵と喧嘩をはじめた。

〈二十二〉をやる席に混じり、ズボンのポケットからグルデン硬貨を出して卓にばらまいた。ひとりは曹長の卓からヴァイオリンを取りあげ、尻尾を巻いて逃げた上村海軍大将を風刺する歌を弾き、他の者もリフレインに和した。

「それからすぐに茶を、茶を点てる
　ブラックコーヒー、チョコレート
　それからすぐに茶を、茶を点てる
　　チョコレート、ラム」

三人がフリーダ・ホシェクに襲いかかって胴と両手を押さえ、四人目の小柄で痩せた男がビールが一杯に入ったグラスを手に、もったいぶった足取りで彼女に近づいていった。フリーダはなすすべもなく、どうやって逃げていいかもわからぬまま、ろくな抵抗もせずに四人に引き立てられて部屋を出た。三人はすぐ戻ってきてくすくす笑いながら手をこすっていたが、ビールグラスを手にした四人目のもったいぶった男とフリーダ・ホシェクとはその夜ふたたび顔を見せなかった。

その後曹長と会うことはなかった。翌朝はベッドから起き上がれず、チフスを発症したため看護室に移された。縺れた夢と錯乱のなかで工兵が四方の隅からわらわら出てきてわたしに迫り、乾杯を強要した——あの夜に熱っぽい目で見たとおりに——。二日後に発砲の音、ルテニア人のフルスカ・ミハルの唸り声、「日直！　日直！」と呼ぶ一等兵の怒号、そして隣室に寝かされた曹長の臨終の喘(あえ)ぎを聞いた。

　何週間かたってようやく医師から外出許可をもらうと、まず向かった先はカルルス小路十二番だった。すでに夏になっていて、女たちが街角で梨や杏を売っていた。桜ん坊の季節には間に合わなかった。

　体が弱っていて、杖をつかねば歩けなかった。橋の上で立ち止まって一休みし、一時間かかってカルルス小路まで来た。前と違って階段をのぼる足取りはしっかりと落ち着き、不安も胸のざわめきもない。住人と会うことを避ける気はなかった。今度は中尉夫人に過去の姉との付き合いの記憶を呼び起こし、思い出してもらうのを待つ必要もない。わたしは曹長の一番の友だったのだから、彼の最期の日々について二人が知っていることをすべて知る権利がある。

　呼び鈴を鳴らした。扉を開けた小間使いは初めて見る顔だった。奥様にお目にかかれませんか、とわたしは聞いた。——奥様は外出中です。しかしご主人様ならおられます。

　小間使いはわたしを隣の部屋に案内し、わたしは子供たちの笑う声と曹長の声を前に聞いたあのサロンに足を踏み入れた。ピアノが窓際に置いてあった。わたしは旧友に会ったように会釈をした。

サロンには二人いた。どちらも知らない人だ。美術雑誌をめくる髭をきれいに剃った男は、たちまちわたしに反感を起こさせた。もう一人は女性で、ソファに座って手で額を押さえていた。

わたしの挨拶に、二人はちらと目を走らせて応えただけで、何の注意も払う様子はなかった。髭のない男は煙草の火をつけた。そのとき扉が開き、尖った褐色の顎鬚の男がわたしに近づいてきた。

「ハーベルフェルナー中尉にお目にかかりたいのですが」とわたしは言った。

「ああ、ハーベルフェルナー中尉か」尖った顎鬚の紳士が言った。「もうずっと前からここにはいない。引っ越したんだ」

「引っ越したですって。どこにでしょう」わたしはうろたえ、底なしに落胆した。

「残念ながらわたしは知らない。駐屯地のどこかだったと思う。ライヒェンベルクではなかったかな。でなければテレジーンシュタットだ」

そして何人かの将校について細かな質問をはじめた。自分も連隊に属していたことがあるそうで、お偉方は皆知っていた。――「軍医少佐のハヴリークはもうすぐ恩給生活に入るんじゃないかね。そろそろ勤続四十年のはずだが」

「三十七年目です」機械的に答えながら、探していたあの人とはもうわ会えないのだとわたしはずっと考え続けていた。

「災難だったな」顎鬚の紳士はそう言って、わたしのステッキを指差した。「脚を折ったのかい」

「いえ、チフスから回復したばかりなんです」

「そうか、チフスか。なるほど。飲料水が正真正銘の毒物だなんて、市参事会のスキャンダルだ。さて、それではそろそろ。またいつか会おう」

外に出て見ると、扉に真鍮のプレートがあった。先ほどは気づかなかったものだ。〈エルヴィン・シェベスタ博士　歯科医〉とあり、下に診療時間が書いてあった。

命を断った日に曹長が中尉のところで何を体験したのか、ついにわたしは知ることはなかった。もしかしたら、いやきっと、そもそも二人に会わないまま銃を手にしたのではないか。過去の生に迷いこみ、出口を見つけられず、あるいは脱出する気のないのがわかって。誰がそれを知ろう。霰弾亭の連中からは何も聞けなかった。フリーダ・ホシエクはその後二度と顔を見せなかった。ここから遠い郊外のリーベンかカロリーネ谷かのボール箱製造工場で働いていると聞いた。死の直前に曹長に会った同僚の話からは何の得るところもなかった。かれらが曹長の死を見る目は、わたしのものと異なっていた。魂の脇道を歩くことは、チェコ兵士の流儀にはない。かれらが愛するのは単純明快に心を動かす、結末の浮わつかない、誰でも一度や二度は味わうようなラヴロマンスだ。チェコの歌ではそんな話がたんと歌われている。だからフワステクの死も、感動的で愛情深い、さして日常から隔たらない恋物語になってしまった。曹長が自殺したのは、フリーダ・ホシェクがある工兵の伍長に寝返ったのに傷ついたせいだとされた。どこかの大隊の事務室書記が曹長の似顔を描き、しばらくそれは霰弾亭の酒場の壁に画鋲で留められていた。絵のなかの曹長はフリーダ・ホシェクと頬を寄せてしっかりと抱き合い、燃える心臓と絡みあう手が花輪のように恋人二人を囲み、ビールと焼肉ソースの染みのついた背景は塔と屋根と破風の広がるプラハ市街だった。

ボタンを押すだけで

Nur ein Druck auf den Knopf

どちらさんでしたかな。人の顔を覚えるのはどうも苦手で――おまけにこんなところで、国の方（かた）にお目にかかるとは思わなかったもんで――。五番街でなら、ときたまブダペストから来た知り合いに会います。でも五番街に行くことなぞ、めったにありゃしません。なにしろ仕事が――。ええ、もうぶらぶらしちゃいないんです。いまじゃりっぱな会社、大企業のもとで働いとります。一億七千万ドルの――ご名答、生命保険会社ですわ。そのほうがずっと気分がいいんです。ひとりで働いとれば、嫌な思いをすることもないですから。――ところであなたは？　いつブダペストからお出でなさった。――なに、ブダペストじゃない。するとどこでお会いしたんですかな――ケチュケメート！　なるほどケチュケメートですか。カフェ・コルソ！　給仕のヤーノシュ爺さん！　アランカ！　アランカはどうしてます、あの可愛い娘は。あいかわらずあのエンジニアといい仲ですか。なに、もう別れた――するとあなたは――おお、やっと思い出した、あんた、あのコヴァチ・ラズロのエンジニアじゃありませんか。覚えてますとも。ケチュケメート、カフェ・コルソ――そのあといつも料理屋のキラーイで――その後いかがです、懐かしき友よ！

時間はありますか――そりゃよかった。向こうにあるのは酒場で、あそこの二階だとずっと落ち着けます。積もる話をしましょうや。さて、何をお取りになります、グーラシュもありますとも。でもわしと同じもんにしちゃどうです。グーラシュはおすすめできません。ちっちゃな鉢に赤いソースを注いで、肉切れを三つ浮かべて、それがグーラシュってここじゃ言うんですから。わしはたいていクリームつき焼きりんごです。あんたもそうしませんか――そいつは結構！　おいウエイター、焼きりんご二つにクリーム！――じゃ話を続けましょうか。

なるほど、ここにはちょっと寄るだけで、また国に戻るんですか。そいつは残念。ここに来る前、ブダペストにも行ったですと。しばらく滞在したんですか。誰ぞに会いましたか。わしの噂をしとりませんでしたか。人の口に戸は立てられんと言いますからな。おまけに人によって言うことがちょっとずつ違う。まあ言わせておけですわ、何言われようとかまいやしません。しかし五番街でブダペストのもんに出会って、そいつがあんたに、このルカーチ・アラダーがいまここにおるのは、ハンガリーには恐くて帰れないからだなんて言おうもんなら――

何を恐がらにゃならんのですか。言ってごらんなさい。恐いもんなぞありませんとも。今ここにおるのはニューヨークに来たかっただけ、かねてからの願いだったからにすぎません。このまま気の済むまでおるつもりです。嫌になったらブダペストに帰るまでです。さしあたってほかに理由はありませんな。恐いなど、まったくお笑い草です。わしが何を恐がってるのか、こっちが知りたいくらいですわ。噂というのはこうです。まあようするに、わしがケレティ博士を撃ち殺したというんです。それもリヴォルヴァーで。――どうです、お笑い草でしょう。このわしが人を撃ち殺すように見えますか。「ホールド・アップ！」なんて、カウボーイじゃあるまいし――リヴォルヴァーなんて、触ったこともありゃしません。一度もありませんとも、ええ、戦（いくさ）のときでさえ。人がなんと言おうと――わしには何のかかわりもないことです。よろしいですか、検察もあえてわしを起訴しなかった。起訴を考えた検察官さえいなかった――そんなことしたら、面目まるつぶれですから。ケレティ博士は脳卒中で死んだんです。鑑定書にそう書いてあって、検死医の署名もあります。それをあれこれ言うのは、暇をもてあました連中だけですわ――

じゃどこから噂が湧いたかですって。よろしい、お教えしましょう。どんな噂にもなにがしかの真実はあるもんです。たいていはちょっとした、くだらんもんには違いないが、とにかく何かはある。ケレティは脳卒中で死にました、これは疑いの余地なく立証されております。倒れたときにはもう死んどった――まだ若くて、健康で丈夫な男が働き盛りにですわ。だが、昔なじみの友達甲斐に、あるいはあんたにだけは、ほんとのこ

とを話したほうがいいかもしれん。誰かがとんでもない嘘を吹き込まんとも限りません

からな。いいですか、わしはここ、九十三丁目でテーブルにつき、焼きりんごにクリー

ムをつけて食べておる、そしてなんの後ろめたさもなく言いますがね、あるいはわしは

ほんとに、ケレティ博士を殺——いや、それじゃ言いすぎだ。もしかしたらわしは、ケ

レティの命を呼び出したのかもしれん。もしかしたらの話ですよ。ほんとのとこは、わ

しにもわかりません。

命を呼び出す——まさしくこの言葉通りなんです。だがわしがそうしたとしても、あの男に恨みはこれっぱかしもありませんでした。あの男からは何もされたことはない、まったく何もです。おとなしい男で、教養があって、堅実で、教養を鼻にかけるきらいは幾分あったかもしれんが、けちをつけるとしてもそのくらいです。友達とまでは言うつもりはないが、親しい知り合いで、毎日のようにわしの家に来とりました。だから憎しみとかじゃ全然なくて、わしにもうまく説明できんが、こう、心の中から湧いてくるものがあって、わしはボタンを押したんです——そしたら遠く離れた場所の、ある部屋で、ケレティ博士は安楽椅子に倒れて死んどったというわけです。

どんなボタンかですって。いやほんとにボタンがあるわけじゃなくて、話をわかりやすくするためのたとえですよ。あんたは戦に出とりましたな。海軍でしたっけ。なに、海軍じゃない、陸軍の軽騎兵ですと——だってあんた、あんたはエンジニアでしょう。

適材適所、これがわしらの原則だったのに。だから言わんこっちゃない、戦はあんなすばらしい結果になったんですな。わしはポラで軍港司令部の伝令兵でした。ええ、袖章をつけた一介の伝令兵です――それ以上何が望めましょう。なにしろ学校も行かず、十四の年から働いてましたんで――でもいまは何でも知ってます、お望みなら、どんな話を振ってくださっても結構――ナポレオン、ワグナーのオペラ、園芸、年号、ショーペンハウエル、ロココ――何でもどうぞ――そうした教養はみんな後から身につけたんです。どうです、ちょっとしたもんでしょう。

ともかくわしはポラで伝令兵でした。港湾司令部のある部屋には、テーブルの上に港の地図が広げてあって、その地図に水雷の位置が描かれとりました。地図の水雷には一つ一つボタンがついてて、それを押したら――電気が通ずるってわけです。それから天井に幻燈機みたいな仕掛けがあって、テーブルの上に港の景色を映すんです。そりゃもうありありとね。だから居ながらにして外のようすが見られます。起重機が動いたりとか、船が出たり入ったりとか。船なんぞちっぽけにしか映りゃしませんが、いま水雷の上にいるかどうかは、はっきりわかるんです。わしはテーブルによう近寄りませんでした。恐かったんです。将校どもは指が疼かないんだろうかって、いっつも疑問に思ってました。ボタンを押して、積荷や船長もろとも船を吹っ飛ばしてみたい、そんな誘惑にかられやしないのかなってね。まったくあのテーブルときたら、悪魔の発明でしたな。

狙いをつける必要もなくて、ただボタンを押すだけ、それきり何もせんでいいんです――わしも一回押してみました。いや、ポラでじゃありません。ずっとあとの、ブダペストでの話です。でもはじめからお話しせにゃなりませんな。

戦争が終わったあと、わしは女房をもらいました。宮廷顧問官の娘で、名門の出で、教養もたいしたもんです――女房がケレティ博士といろんな問題について話すときは、何時間でも拝聴してたもんです――ルネサンス、隔世遺伝、共産主義――わしは自分がちっぽけに思えて、しばしば打ちひしがれもしました。そしたら女房が言ったんです。アラダー、これから遅れを取り戻したらどうかしら。学ぶのに遅すぎるってことはないわ。晩の講演を聞きに行ったら？　芝居やオペラを見るのもいいわね――言われてみればそのとおりです。手はじめにオペラに行ってみました。毎晩毎晩ね。それからシェークスピアの悲劇、モルナールの一幕物、ベートーベンの三重奏や室内楽、大衆教育施設や学問クラブでの講演――とにかく何年も何年もずっと、雨が降ろうと雪が降ろうと、教養を積んだもんです。なのに女房はいつも言うんです、まだ道半ばまでもいってないわって。でもね、自分じゃ、まるで別人に生まれ変わったような気がしたんです。たいていの専門分野には、そこそこのレベルまでこぎつけたと思いました。だからそれまでよりもたびたび、家でくつろぐようになりました。会話だって聞いてばかりじゃなくて、加わるようにもなったんですよ。ある日インド哲学の話になって――アストラル体とか魂の転生とか物質化とか――わしは女房に、物質化って何のことだいってたずねました。そんな言葉ははじめて聞きましたから。「あらあら」女房が言いました。「まだ穴があったのね。でき上がりってわけじゃなかったんだわ。オカルティズムも教養のうちよ」そして次の晩、女房はわしをブダ地区の立派な館に遣りました。紹介状代わりに、父親の顧問官の名刺を持たせてくれました。というのもそこはよそものが入れない――個人的な集まりで、降霊会をやっとるんです。

参加者は十四人で、大学教授が二人混じってました。それから霊媒が一人。これは年かさの女でした。でも主催者はたいして金は使っとらなかったですね。お茶一杯きりで何も出んのですよ。ええそうですとも、まずは蓄音機から音楽が鳴りました。それから出し物がはじまったんです。

みんなは〈ラポール〉と呼んどりました。客のなかの一人、将校の人が、霊媒に向かって、自分の家の、鍵のかかった机の引き出しに手紙が入っているから、ここに持ってこいと命じるんです――一分ほどたつと手紙がテーブルに現われました。ほんとに机の引き出しにあった手紙か、そりゃわかりゃしません。どうやって手紙がテーブルまで来たのか、それもわかりません――部屋はずいぶん暗かったですから。でもしょせん手品ですわ。こんなもんなら演芸場でさんざん見てます。でも演芸場の出し物のほうが気が利いてますし、あそこじゃ娯楽っていってるもんが、ここじゃ教養なんですからね。それから物体浮遊がありました。――またしてもトリック！　そのあとは亡霊です。ええ、亡霊なんですよ。帳の向こうで、かたまりみたいなもんが形をなすんです、へクト何とか――そうそれ、エクトプラズマと言うとりました。初めに出たのはユリウス・カエサルで、きれいに鬚を剃ってました。おかしいでしょう、カエサルと言や、わしはきまって鬚だらけの顔を思い浮かべます――あんたもですか。でもつるつるに剃っとったんです。何か言っとりましたが、わしにはわかりませんでした。なにしろラテン語でしたから。ちょっと聞きますが、ラテン語も教養のうちなんでしょうか。英語、フランス語、それからわしの場合はルーマニア語。ルーマニア語もときには喋らにゃならんですから。でもね、ラテン語なんて、いったい誰と話すんですか。大学教授の一人がカエサルに話しかけてみたんですが、通じませんでした。そのあと女の姿が現われて、踊りをはじめました。踊りならもっとましなのを見たこともありますがね。喝采が足りなかったのか、女が出たのはほんの一時でしたが、とつぜん客の一人が叫びました。「あれはローザ叔母さんだ。僕にはわかる。ローザ叔母さん！」誰にだってその人なりのローザ叔母さんはいるもんです。あの人のはたまたま大柄で痩せていて、エクトプラズマもたまたまそうだったんでしょう。ローザ叔母さんはその人と、形見分けの食器セットの話をしてました。ほんとうはその人じゃなくて、その人の妹にあげるつもりだったそうです。つまり横取りしたらしいんです。それからローザ叔母さんは去り、明かりがつきました。館の主人がわしのところに来て、話しかけました。

「これだけいろいろお見せしても、まだお疑いのようですね。あなたははじめての方だ。なんとか信じさせてあげましょう」そして主人はわしのことを――ちょっと待ってくださいよ、ええと何だったけか――そうそう、〈懐疑〉の要素とわしを呼んだんです。――「ご不審でしたら、あなたご自身で、どなたかお亡くなりの方の名をあげていただけませんか。その方はあなたのもとに現われるでしょう。きょうはコンディションが常にないくらいに整っていますから」

「誰でもいいのですか」わしは聞きました。

「もちろんですとも。あなたと親しかった方なら、どなたでも結構です」

そのときわしにその考えが浮かんだんです。

はじめは死んだ伯父が頭に浮かびました。イェネー伯父です。でもね、あの人に人前で喋らせるのは、ちょっと考えもんでした。だって生きてるときから不作法で通ってましたから。だからわしはつぶやきました。死者をして安らかに眠らしめよと。

いろいろ考えているうち、とつぜんその名が浮かんだんです。ケレティ博士――よっぽどあのケレティのことが気にかかっとったんでしょうな。もちろん死んじゃいません。ぴんぴんしてます。しかし、とわしは考えました。仮にあの男が死んでいたとしたら、あれの霊との話は、一風変わったもんに違いない。もちろん死んじゃいない、だが仮に死んでいたとすれば――。もしあの男が死んでさえいれば――そんな考えが頭をぐるぐる回りました。あの男が死んでさえいれば……とても頭から振り払えませんでした。なぜかはわかりません。そしてとつぜん、わしは自分の声が大きくはっきりとこう言うのを聞いたんです。故マウルス・ケレティ博士、弁護士、ユリウス街十七番地。

照明が消されました。いまは吊り下げ灯が赤く燃えるばかりです。ケレティが死者でないことは、誰も知りません。一同はふたたび腰をおろし、わしらは二、三分のあいだ、霊媒の息の音を聞いていました。はじめは穏やかで規則正しかった呼吸が、だんだんせわしくなってきました。やがて霊媒は唸りはじめ、安楽椅子で身もだえをしました。大学教授のひとりが席を立ち、霊媒の額の汗を拭きました。さらに二分ばかりが過ぎました。霊媒はぜいぜいと息をはずませ、しきりに身をよじっています。教授が言いました。「強情な霊だな」別の一人が応えました。「霊媒はもう力を出しきったのかもしれない」しかし主人は皆をなだめ、どうかもうしばらくのご辛抱を、必ずうまくいきますから、と請けあいました。

それからふたたび静かになりました。ただ霊媒の喘ぎと歯軋りが聞こえるばかりです。それはもう、身の毛がよだつような音でしたよ。いきなり霊媒は跳びあがって、またすとんと落ちました。女の一人がとつぜん恐くなったらしく、叫びました。「止めさせて！ 止めさせて！」まさにそのとき、帳が膨らむのが見えたんです。

　またもや同じことが起こったのです。わしらの目は帳に釘付けになり、誰も身動きひとつしません。そしてとつぜんある姿が浮かび上がって――それがあの男だったんです。ええ、ケレティ博士です。ひどくぼんやりとしてましたが、すぐに見分けがつきました。細い唇、イギリス風の口髭、すこし前かがみになった立ち方――ケレティのいつもの姿勢です――まばらな髪をして、例によって人を小ばかにしたような笑みを浮かべていました。

　わしは仰天し、手足ががくがくしてきました。

「博士！　どうやってここへ？」

　答えはありませんでした。

「あなたはケレティ博士ですか、それとも違うんですか」わしはなおも問いました。

「わたしはマウルス・ケレティだ」そう言う声は、まさに、わしの知っとるもんでした。

「そんなばかな。じゃあなた、死んでるんですか」

「ああ、死んでいるとも」そう答えると、全身がゆらゆら揺れはじめました。

「まやかしだ！」わしは叫びました。「ぺてんだ！　まやかしだ！」――そしてスイッチを手探りして、明かりをつけたんです。

　騒ぎが起こりました。物が倒れたような音がしました。目をやるとケレティ博士はもういません。まるではじめからおらんかったように、きれいさっぱり消えてるんです。

だが霊媒は床に臥し、痙攣して手足をじたばたさせてました。教授がその手を取り押さえようとしました。婦人の一人が助けをもとめて叫び、他のものが「水だ、早く水を持ってこい」と呼びかけました。そして館の主人はわしの前に立ちはだかって、こう叱りつけるんです。「何てことをしてくれたんです。こともあろうに、実験の最中に明かりをつけるなんて。霊媒の命取りにもなりかねないんですよ」

「しっかり捕まえといてくださいよ」わしは教授に声をかけました。「そいつは詐欺師ですから。痙攣だって狂言に決まってます。なにもかもぺてんなんです。だってケレティ博士は死んでなんかいませんもの。まだ生きてます」

主人はわしの前を動かず、じろりとわしを睨めつけました。

「いま現われたものは——あなたが話をしようとした方ですか。見分けがつきましたか」

わしはうなづきました。

「見分けはつきました。確かにケレティ博士のようでした。しかし——」

「それならその方は死んでいるのです。さもなければ、ここに現われることはできません」わしをさえぎり、主人は言いました。

「あなたはそうおっしゃるが、今日の午後、四時頃、ちゃんと博士と会っているんですよ」

主人は懐中時計を引っぱりだしました。

「いまは九時半です。四時と九時半のあいだにその方はお亡くなりになったのです」

「ごまかしはやめてもらいましょう。それともあなたも、詐欺師どもの仲間ですか。なにもかもぺてんだ。ありふれたいかさまにすぎん」

「その男を追い出せ！」客の一人が叫びました。なおも少しそいつと言い合ったあげく、わしは出て行きました。

通りに出てからも、腹立ちはおさまりません。おまけに雨まで降ってきたのに、車を拾おうにもどこにも走っていません。でも少しすると気持ちが落ち着いてきて、この体験をおもしろがる余裕もでてきました。——「ケレティのところに寄ってみよう。たぶん家にいるだろう」わしはそう思いました。「あの男に、おまえは死んでるんだぞって知らせてやらなくちゃな」——こんばんは、博士——こう言ってやろう——お加減はいかがですか。わしはたったいま、抜け出したあなたの霊と、お話ししてきたところですよ——こいつは面白い。そこでやっと車を拾ってユリウス街に乗りつけました。

呼び鈴は三度鳴らさにゃなりませんでした。やっとメイドが出てきて、ドアを開けてくれました。あっけにとられたようにわしを見つめ、はじめのうちは、わしの言うこともわからんようでした。それからわっと泣き出すと、つかえつかえこう答えました。

「いいえ、ご主人さまはきょうお客さまとお話しになれません。しかしお医者さまとならば……」

わしはメイドを押しのけ、中に入りました。部屋の入口で医者とぶつかりました。

「ご家族の方ですか」医者が聞いてきました。「わたしもほんの五分前に呼ばれたのです。お気の毒ですが手のほどこしようがありません。中に入りますか」

ケレティ博士は安楽椅子に座っていました。上着も胴着も着ておらず、口をゆがめ、葉巻の吸殻が手前のテーブルに転がっていて、頭が垂れとりました。脳卒中です——医者がそう言いました。そしてあれが、女がソファで気絶しとったんです。髪を解いたまま——

女が奴の家にいたんです、始終わしの話をさえぎるのはやめてもらえませんか、女が奴の家にいた、そう言うたでしょうに——大声を出すなですって？　誰も大声なぞ出しとりゃしません。それからあとのことは、どうなりと詮索されるがよろしい。わしは屁とも思いませんから。——奴のところに女がいた——それがどうしたというんです——気を失っとったから、家まで運ばにゃなりませんでした。われに帰ると、ヒステリーを起こしよりました。

話はこれでお終いです。何が起きたかおわかりですか。奴は生きとったが、霊媒が望んだからには、行かなきゃならん。霊媒は呼びかけて、霊を肉体からひっぱり出そうとしたんです。もう容赦なくやったわけです。そっちのほうの力が強かったもんだから、奴は屈服して死なにゃならんかったというわけです。そうすりゃ霊がブダの館に出現できますから。

それだけの話です。それにしても、誰もがいつなんどき同じ目に遭うかもしれんと思うと、震えがきませんかな。――能天気に水雷の上を走る船みたいなもんです――誰かがボタンを押すだけでいいんですから。

世間は言っとります。わしがケレティ博士を撃ち殺したって――まったく口さがない連中です。なんでわしが殺さにゃならんのです。動機がないでしょう。――わしはいまニューヨークにおる、なぜならニューヨークに住んどるからです。気が向いたらブダペストにも戻りましょう。――女房ですって？　いや、ここにはおりません。いずれあんたの耳にも入りましょうが――もう連れ添ってはおらんのです。あれにはあれの好みがあって、わしにはわしのがある――月日がたつうちに、だんだんとわしらは合わないってわかってきたんですわ。

夜のない日

Der Tag ohne Abend

ジョルジュ・デュルヴァルはフランス系移民の曾孫にあたり、父はもと船長、母方はボローニャのアルベルガティ家の縁戚だったが、一九〇八年秋、トリエステのギムナジウムを——どうにかこうにか——卒業したあと、ウィーンにやってきた。父はトリエステに家を一軒、オプチナ近郊に葡萄園をいくつも持つくらいに裕福だったので、将来の仕事は望みのままに選べた。まずは文学方面——ダンテの翻訳を試みた——で幾度か躓いたあと、音楽史のセミナーを短期間だけ受講し、それからウィーン大学で数学と物理学と純粋哲学の聴講生名簿に登録した。

講義にはめったに顔を出さなかった。むしろより多く、一流ホテルの五時の茶会、私的な舞踏会、夜会、園遊会、それから喜劇の初演といった社交の催しで姿が見かけられた。趣味よく整えた市役所近くの二部屋に住み、何人も恋人を持ち、うち二人は良家の娘だった。日曜ごとにリング通りを散歩するときは、赤褐色の豪奢なアイリッシュセッターを供に連れて道行く人々の目を引いた。

好んでチェスクラブを訪れた。そこでは危険な実験をもあえて辞さない閃き豊かな指し手とみなされていた。終盤にいたると駒の並びがたいそう奇妙な形になるのだ。勝負を放り投げて追い始めた思考が、高等数学の領域へ彼を導くこともたびたびあった。一つの指し手から次の手を指す合間に、変分を表現する画期的な方法や、あるいはピカールの定理を拡張して一群の等音曲線の求長法を簡略化する方法が鮮やかに閃いた。だが発想をわざわざ書きとめたことは一度もなかった。

しばらくのあいだは十七世紀の戦史を持ち前の集中力で研究していた。ネルドリンゲンの布陣には、テュレンヌやベルンハルト・フォン・ザックス＝ワイマールのあらゆる戦略と同じく、ナポレオンの戦法の要素が明白に認められるという逆説的な主張をして友人たちをあきれさせた。その後戦史の研究は放棄して国家経済の問題に手をつけた。マルクスの経済理論を数理解析的な思考法で反駁するつもりだったのだが、計画した大論文は冒頭の導入部分数ページから先には進まなかった。隣接する学問分野での活動も、人生の実りのない挿話のひとつとなったにすぎなかった。

一九一二年に入ると学問とは完全に縁を切った。トランシルヴァニアの森林資源を合理的に活用するための会社を立ち上げる計画を立てる一方、南アメリカを旅行する考えをもてあそんだりもした。この頃彼の関心はウィーンの花と謳われたある大企業家の令嬢にあったが、その愛が報われることはなかった。

〈運命〉がジョルジュ・デュルヴァルとその行く末を思い出したとき、ものごとはそんなありさまだった。

三月十四日、デュルヴァルは町の中心にあるレストランで夕食をとっていた。約束をした友人二人が非常識なくらいに待たせるのでいらいらしていた。隣のテーブルに将校とハンガリーの政治家からなる一団がいて、ひどく賑やかに喋（しゃべ）っていた。そのうち人数が増え、新しく来たひとりがデュルヴァルに断りもせず、彼のステッキと手袋が載った椅子を持っていこうとした。彼は詰問したが、返答は満足できるものではなかった。とげとげしい言葉が交わされ、そのうちひとりがデュルヴァルをあるイタリア語の単語――トリエステや南チロルではひどい侮辱とされる言葉で呼んだ。デュルヴァルは飛びあがり、相手の顔を二度殴った。

一同が彼を取り囲み、将校が割って入り、名刺が交換された。このときデュルヴァルが待っていた二人の友、エンジニアのエンゲルハウトと騎兵大尉のドレスコヴィッチが入ってきた。デュルヴァルは起きたことを手短に話し、介添人を引き受けてくれるように頼んだ。

「顔を殴るなんて最低の侮辱だ」エンジニアが認めた。「あだやおろそかじゃすまされないぞ」

「わかっているとも。だがあいつは僕を〈レッカピアティーノ〉と言ったんだ」デュルヴァルはそう言って、酒場から出て行くその言の主に目をやった。

「レッカピアティーノ？　何だいそりゃ」

「〈皿舐め〉。トリエステじゃ下品な罵り言葉だ」

「名刺を交換した後でそいつは君を罵ったのかい」

「いや、する前だ。そのあとで横面を張ってやった」

「なら問題はない」エンジニアが言った。騎兵大尉は名刺を手にとって読んだ。

「ゾルタン・シェンゲシー・フォン・シェンゲス・ウント・ナギョロス。この男なら知ってる。デュルヴァル、君は喧嘩早さじゃ札付きの男にかかわった」


帰宅するとデュルヴァルはこの不快できわめて厄介な一件を、せめて当面だけでも忘れようと決めた。興奮しすぎて眠れなかったので、気を紛らわせるために何年も読まずに本棚に挿してあった小冊子を手にとった。円と三次曲線を扱った数学の論文だ。最初のほうを走り読みすると、二つの算式の変形によって、より高次の一般的算式のある性質が確認できる可能性を、著者がうかつにも見落としているのに気がついた。興味をそそられた彼は研究をその方向に沿って進めてみることにした。

床に入ったのは朝の五時だった。そのまま昼まで眠った。それから入浴し、身支度を整えて朝刊にざっと目を通した。午後の四時になると二人の友が介添人会議の進行状況を知らせに来た。

「シェンゲシーの名誉裁判用の審理が今は進行中で、その結果を待たねばならない」エンジニアがそう報告した。「きっと競技クラブか競馬クラブかなんかのだろう。予備審査の段階はもう過ぎて、将校らの合議にまできている。向こうの介添人は強硬で、名誉裁判が有利な判定になることをもう既定事実のように考えている。実のところ――残念ながら、とあやうく言いそうになったけれど――シェンゲシーには悪くない状況だ。さもなくば将校らがシェンゲシーと連れ立って姿を見せることもなかろうからな。だからデュルヴァル、君はピストルの覚悟を決めねばなるまいよ。前進込みで二十五歩の距離で撃ちあって、そのあとは重サーベルで戦えなくなるまで一騎打ちだ。だがどのみち、そこまでいくにはあと何週間かかかるだろう」

ジョルジュ・デュルヴァルはいっしょに外に出て二人を見送った。別れ際に騎兵大尉が言った。

「月末にボルツァーノに旅行するんだったな。もちろんそれはそれで構わない。ただいつでも君に電報を打てるようにしておいてくれ」

一人になると召使に向かって、今後はあの二人だけを部屋に通せ、それ以外は誰が来ても取り次ぐなと命じた。デュルヴァルは奇妙なほど落ち着きを欠いていたが、その原因はけして目の前に迫る決闘ではなかった。机に向かってケーリー曲線の特異点における動きの研究をはじめたとき、もうそのことは頭になかった。

それに続く何日か、デュルヴァルはどこにも姿を見せなかった。ようやく日曜の午後になって、それほど親しくない知り合いの家に顔を見せた。そして言うには、書く紙がなくなった、日曜だから店はみんな閉まっている。どうか助けてくれたまえと。君がいたらちょうど四人になるから、仕事をやめて即席のブリッジパーティーを組まないかと勧められると、耐えがたそうにいらついた言葉を吐いた。そして記念帳から二枚、大きな画用紙を三枚、未使用の家計簿、便箋の一束をもらい、そのまま帰った。

眠るといえば昼前の五時間だけだった。魔に急かされるように彼は研究に打ち込んだ。食事は日に一度だけ近くのレストランから運ばせた。新聞に目を走らせるのも食卓でだった。産業界の大物の娘でデュルヴァルの過去にある役割を演じた女が、ミュンヒェンの有名な地方画家と婚約したと記事に書いてあったが、心は少しも動かなかった。新聞を置くと、微分方程式の定理にふたたび向かった。

夜はデュルヴァルの時間だった。ランプに灯がともると、頭がすっと冴え、隠された関係への認識が夜毎にもたらされる。そんな時間は落ち着いて研究に没頭できる。ときどき近所から、彼の知らない娘がタルティーニのイ長調ソナタを弾くヴァイオリンが響く。その憂鬱な音が、数学の神秘とあいまって、魔術的で幻想的な、クリングゾールの庭のような冒険に満ちた世界を開く。

三月十八日から四月二十五日のあいだ一度だけ外に出た。そして母の以前の家庭教師で、何年もウィーンに住む体の麻痺した七十歳の女性を短いあいだ訪問した。デュルヴァルにお茶を飲ませて、老婦人は彼の少年の頃の細々した逸話を語り聞かせた。初登校の日に付き添ったこと、六歳の金髪の少女の愛を得ようと〈カッチャトーレ〉で空しく奮闘していたこと、八歳のときメキシコの皇帝になると固く決意したこと。子供のとき危険な神経症に罹(かか)り、のちに就学してからも水浴中にあやうく溺れかけて、母親にたいそうな心配をかけたこと。

デュルヴァルは黙って聞いていた。やがて音楽の素質を自分は子供の頃見せていたかと聞いた。そして間違った道に進んでしまったと嘆いた。古楽の研究、タルティーニやコレッリやヴィターリ、ロカテッリらのソナタの譜や編曲は、まだたくさん、顧みられないまま公文書館に眠っている。それらは人生のほんとうの課題ともなったものを。自分はただ音楽のうちだけに、目覚ましい不朽の業績をあげる運命にあったのではないか。いまやっていることは価値のない遊びにすぎない。暇つぶしの慰みになるかもしれないが、きっとそれ以上のものではない。

二杯目のお茶は断った。老婦人の手にキスして、またすぐ来ると約束した。

四月二十二日、あの諍(いさか)いから六週間もたたぬうち、介添役二人がまた訪れた。そして告げるには、審理は終わり、名誉裁判の判決によって、シェンゲシーの決闘権は回復された。決闘は二十五日の朝六時、プラーターの野原で行われる。武器はピストル、距離は三十歩で二度の前進、狙いの時間は五秒、三発ずつの応酬。けりがつかなかった場合はサーベルで、双方の医師が決闘権を認める限り続行するということだった。

「われわれは朝五時にここに来る」エンジニアが付け加えた。「デュルヴァル、外の新鮮な空気でも吸ったらどうだ、なんだかやつれて見えるぞ。残る二日のうち、一日を遠足にあててもいい。きっと効き目がある」

ジョルジュ・デュルヴァルがいらだちを苦心して隠すのを二人は見逃さなかった。なるべく早く会話を終えたそうな様子がありありとうかがえた。

四月二十五日、二人が朝の五時十五分前に部屋に入ると、徹夜したデュルヴァルは机の前でぐったりしていた。机は紙片で覆われていた。苦しげな笑みを浮かべ、放心の体で時計を何度も眺め、こんなに時間がたったことに驚きを示した。そして、急いで着替える、五分で終わる、座って待っていてくれ、と言った。

二十分後、騎兵大尉が寝室の戸を叩いた。返事はなかったが、かまわず入った。ジョルジュ・デュルヴァルは寝台の隅に腰かけていた。手には青鉛筆と、裏にびっしりと代数の算式が書かれた洗濯屋の勘定書きを持っていた。彼は驚いて飛びあがり、許しを乞い、書いたものを窓枠に置いた。それから身支度を整えた。

ドナウ河に沿う鉄道線路のそばで車が少しのあいだ停止した。キャブレターの調子が悪い、と運転手が言った。修理に奮闘する運転手を残して一行はすでに開いていた近くのカフェ〈クローンプリンツ〉に入った。医者と二人の介添人は熱いブラックコーヒーを飲み、いくぶんぎごちない口調で世間話をした。デュルヴァルは会話に加わらなかった。この短い空き時間を自己流に活用し、数学の展開式を長々と大理石のテーブル面に書いていた。

六時五分前に車は決闘場に着いた。進行役は年かさの無髭の男で、その男がデュルヴァルに近づいて、中佐のカレツキーですと自己紹介をした。デュルヴァルも名を名乗り、だしぬけに紙を一枚所望した。シェンゲシーは医者とともに煙草をふかしながら歩き回っていた。カレツキーはメモ帳から破いて渡した。デュルヴァルは周りで何が起ころうとおかまいなく、決闘場を囲う板塀に寄りかかって計算をしていた。介添人が距離を測った。

進行役がピストルに弾を込めた。そして二、三分の間を置くと、介添人らを目でうかがった。シェンゲシーが煙草を地面に捨て、上着の襟を立てた。

このときデュルヴァルが振り向いた。紙片を手に持ち騎兵大尉ドレスコヴィッチのほうに歩いていった。顔には落ち着きと、何事にも無関心な様子が見られた。己(おのれ)の仕事を最後まで終えたのだ。

進行役が慣例にしたがい和解を勧告した。それから必要な注意を与えた。これからわたしが数を数えます。「二」と「三」のあいだに発砲してください。

算式は実数部分と虚数部分にたやすく分解できる、とデュルヴァルはつぶやいた。だが別のいっそう洗練された解法があるはずだ。まあいい。どのみち今夜には——

「二」

二人の決闘者がピストルを掲げた。二発の弾がほぼ同時に放たれた。

この日に夜はなかった。

わたしはジョルジュ・デュルヴァルの物語を語らずにはいられなかった。世の現象の効率性（エコノミー）について、この話からある種の洞察が得られると折にふれて感じるからだ。

学問や芸術や文学の世界で夭折した偉人たち、プーシキンやラサールやバイロン卿といった面々は、たとえ死に見舞われなかったとしても、生涯の仕事に一行なりとも新たなものを加えられたかどうか疑わしい。

運命に召されるのはもはや何も与えるもののない者、終わりまで達し空（から）になり燃えつきた者に限られるのかもしれない。

ある学術団体がデュルヴァルの遺稿、すなわち生の終わりの数週間に執筆されたあの数学論文を編纂した。それは戦争が始まったころ三巻本で出た。だが机の中や上や下着箪笥の空の抽斗や暖炉の陰の片隅から死後見つかったもののうち、およそ三分の一ほどしか収録されていない。しかしたとえ業績が十巻に集成されても、なお不完全なものにとどまるだろう。最後の仕事となった結論部分はこれからも発見されまい。洗濯屋の勘定書きの裏やカフェの大理石テーブルや風に飛ばされたメモ用紙に切れ切れに記されているから。

ある兵士との会話

Gespräch mit einem Soldaten

バルセロナの一郭の、燦燦と陽を浴びる広い埠頭遊歩道から椰子の並木道が分かれてコロンブス記念塔に向かうところで、鷗にパン屑を投げているスペイン兵士にカテドラルへ行く道をたずねた。

バルセロナで交わされる言葉は、わたしには少ししかわからない。それはスペイン語でなくカタロニア語で、事情通が確言するには、スペインっ子でもこの地方語は必ずしも解しやすくはないという。だがこの若い兵士はスペイン語もカタロニア語も使わず、何度か短く、しかし驚くほどの表現力で手を振って、行き方を教えてくれた。まっすぐ歩いて――右――もう一度右――それから左。わたしは了解した。道は遠く、日は焼けつくように照っている。だから電車に乗ったほうがいい、と兵士は勧めてくれた。このときもカタロニア語ではなく、身振りで鐘の音と市電の線路を表した――わたしはたちまち了解した。市電は来ても何の合図もしないから、そのあいだこのベンチにいっしょに座って待っていたらいい、と親切に助言もしてくれた。

この若いスペイン兵は口がきけなかった。だがこだわる様子もなく両手だけで楽しそうに喋り、そのわかりやすく明快なしぐさが示せないものは何もなかった。自分はモロッコに従軍した、と伝えたときには、戦場のあらゆる騒ぎ——突撃や速射や奇襲や退却を両手を使って描いてみせた。この行軍の必要性については、肩をすくめるしぐさと顔を顰めて頭を振るしぐさで懐疑を遠慮なく表明した。

馬車が通り過ぎた。すると若い傷病兵はすぐ、手綱で馬を御すように丸めた拳を振って、あの馬が美しくて逞しくて気の荒い純血アンダルシア種であるのに注意をうながした。それからまばたきして視線を左にずらし、わたしに微笑みかけた。わたしはそちらを見た。背の高い二人のスペイン将校がゆるやかな足取りで遊歩道をこちらに歩いてくる。スペインの友は、すぐ敬礼せねばならないんだが、そんな儀式はまったくくだらないと思っている、とわたしに伝えた。僕の職業は建築製図工なんだ、とも打ち明け、目に見えない製図板に線を引き、それから手で門扉、窓の並び、階段、丸屋根と、さまざまな建築物を描いてみせた。こいつはいい仕事なんだ。実入りも多いし。

ひとりの若い女性が本を手にしてそばに座った。無言の兵士は若くてきれいな娘じゃないか、とわたしに知らせ、幸福を彼女に求めたらどうだと励ましてくれた。君がうまくいくのは間違いない、と断言もしてくれた。そして自ら仲立ち人となって、その若い女性のほうを向き、この人の心はあなたに向けて赤々と燃えている、と請け合った。この人は金持ちで、ここから遠い国から来て、あなたを故郷に連れ帰りたいと思っている。

いっしょに汽車に乗ったらどうですか。娘はとまどい、笑ったあと、本のページをめくった。わが友は自分の肩の、将校が階級章をつけるところを指さし、意気揚々とありもしない口髭をひねくり、それによってこの娘はお洒落な青年将校とつきあっていて、残念ながら先約済みなんだと教えてくれた。そしてわたしを慰めようと、くぼめた両手に息を吹きかけて何かを放り投げるしぐさをした。つまりこういうことだ。くよくよするな、この子をわざわざ追いかけるまでもない。もっときれいな娘がこの町にはたんといる。

われわれは互いを完全に理解し、思いつくことを何でも話しあった。異なる言語を話す国を旅して、この口のきけない若い傷病兵ほど思いの通じる人には会ったことがなかった。

市電はいっこうに来ようとしない。でもわたしは急いではいなかった。彼は袋からバナナを出して、どうか取ってくれ、自分は十分に食べたから、と勧めてくれた。わたしたちは煙草を交換して吸った。そこに荷馬車がやってきた。

馬車は樽をたくさん積んで、かたかた音をたてながら遊歩道から近づいてきた。ちょうどわたしたちの座るベンチを通りかかったとき、二頭の馬のうちの片方が倒れた。起き上がろうとしたが、また崩れ落ちて二度と頭をもたげなかった。

御者が呪いを吐き散らしながら降りてきて、かわいそうな馬を鞭の柄で怒り猛(たけ)って打ちすえた。

兵士が飛びあがった。顔が真っ赤になり、体は怒りで震えていた。吸っていた煙草が地に落ちた。何か呼びかけ、叫ぼうとしたが、口から漏れるのはくぐもった喉音だけだった。

彼はわたしのほうを向いた。話し、説明し、訴えようとした。だがこのときはじめて雄弁な両手は役立たずになり、黙ったまま、なすすべもなく絶望してわたしの前に立ち尽くすしかなかった。

心に焼きつく恐ろしい一分間だった。憤怒と悲嘆と激昂がいかに唖者から瞬時に言葉を奪うものか、わたしは今後も忘れることはあるまい。

訳者あとがき

垂野創一郎

本書の作者レオ（本名レーオポルト）・ペルッツは、一八八二年十一月二日にプラハで生まれました。先祖はユダヤ人迫害によって十七世紀にスペインのトレドを追われてきたペレス一族といわれ、父親は裕福な工場主でした。一八九九年に一家はウィーンに移住しました。ペルッツは学業を終えた後は、保険会社にアクチュアリー（保険数理士）として勤めるかたわら、ぽつぽつと短篇などを発表し、また文壇カフェで盛んに気炎を揚げていました。

小説家として本格的にデビューしたのは長篇『第三の魔弾』を発表した一九一五年です。ところが翌一六年には第一次大戦に従軍し、東部戦線で生死に関わるほどの重傷を負って帰還。その後はウィーンで暗号解読などに携わっていました。

大戦後に発表した長篇『九時から九時まで』（一九一八）、『ボリバル侯爵』（二〇）、『最後の審判の巨匠』（二三）、『テュルリュパン』（二四）はいずれも好評をもって迎えられ、ペルッツは二十か国語以上に翻訳されるほどの人気作家となりました。特に二八年に出た『どこに転がっていくの、林檎ちゃん』は空前の売り上げを記録し、その面白さに仰天したイアン・フレミングは作者にファンレターを書いたということです。

ところがナチスの台頭によって、ユダヤ人作家の例に漏れずペルッツも迫害を受けるようになりました。ヒトラーが政権を獲得した年（三三）に出た『聖ペテロの雪』はドイツでの発行部数を制限され、また『スウェーデンの騎士』（三六）はドイツで販売を許可されませんでした。ウィーンに住んでいたとはいえ、ドイツ国内を主要なマーケットとしていたペルッツにとってこれは大きな打撃でした。

オーストリアがナチスドイツに併合された三八年、ペルッツ一家はパレスチナのテル・アヴィヴに亡命します。そして戦争が終わったあとも生涯ウィーンには戻らず、夏はオーストリアのザンクト・ヴォルフガング、冬はテル・アヴィヴで過ごすようになりました。

第二次大戦後のペルッツはかつての人気が嘘のように忘れられました。五三年に発表された『夜毎に石の橋の下で』は、今でこそペルッツの作品で最も評価が高く代表作とみなされている作品ですが、当時はドイツの小出版社から小部数刷られたきり、ほとんど話題にもならず終わったということです。そして五七年にバート・イシュルで死去。五九年に遺稿となった最後の長篇『レオナルドのユダ』が友人レルネット＝ホレーニアの編集により出版されました。

このようにペルッツは一時、少数の熱心な愛好家を除いては知る人ぞ知るという存在になっていました。ところが七〇年代の終わり頃から、その作品はドイツ語圏ばかりか諸外国でも評価されるようになり、今では古典として認められているといっていいと思います。このあたりの事情は久生十蘭や夢野久作への評価の変遷と相通ずるものを感じさせます。あまりにも独自の作風を持つ作家がひとしなみに味わう宿命でしょうか。

本書『アンチクリストの誕生』は生前に出たペルッツ唯一の中短篇集"Herr, erbarme Dich meiner!"（一九三〇）の全訳です。収録された作品は長篇と同様に、息もつかせぬストーリーテリング、目を剝く奇想、運命との対決、読者の瞞着（まんちゃく）といったペルッツの特色が遺憾なく発揮されています。ペルッツをまだお読みでない方には、この本は格好のペルッツ入門となるでしょうし、すでにペルッツの長篇に親しんでいる方は、ミニチュアコレクションを愛（め）でるように本書を愛でられると思います。

以下で各作品について触れていきます。本文未読の方の興趣をなるべく殺（そ）がないようにするつもりですが、ある程度内容に触れることは避けられません。ですからなるべく本文を先に読むことをお勧めします。それから、これから書くのはあくまで「訳者はこう読んだ」という覚え書きにすぎません。いわば無駄話程度のものと思ってください。

なんといっても物語は自分の好きなように楽しむのが一番です。

「主よ、われを憐れみたまえ」のタイトルは、ミサで唱えられる章句「キリエ（主よ）・エレイソン（憐れみたまえ）」から来ています。最初に紹介されるジェルジンスキー（一八七七〜一九二六）は実在の人物で、共産国家ソヴィエトの成立初期に秘密警察の長として反革命勢力（いわゆる白軍）を弾圧し、治安維持に尽力しました。

しかし冒頭に「この男のことをこれから語ろう」と宣言されたにもかかわらず、このジェルジンスキーはまもなく退場し、もう一人の人物、すなわち「四時間のあいだ命をかけて戦ったあげく、神の慈悲を受けた男」が主人公格として登場します。「走れメロス」を思わせるような冒険行が語られ、緩急自在に読者を引っ張っていくその名調子に、読者は早くもペルッツの手中に陥ったのを感じます。

それから話は一転して暗号解読の様子が描かれます。神への嘆願が鍵(キー)となって暗号が解けること、すなわち神と人間とのコミュニケーションに暗号解読が関わっているところに、カバラ的な発想を見ることもできましょう。

そしてさらに物語は三転し、最後の一文で「生きて戦う者なら誰でも、この名とともに生きるのではなかろうか」という、推理小説でいえば真相解明がなされます。

なぜこれが真相解明なのかというと、「誰でも」というからには当然ジェルジンスキーもその中に入りますよ、と作者が暗に指摘しているからです。

そして、すぐれた推理小説の謎解き部分がたいていそうであるように、この一文は、「もう一度最初から読んでごらんなさい」と読者を促しているようでもあります。ジェルジンスキーもまた「主よ、われを憐れみたまえ」という名を持つということを念頭において読むと、ルビンの壺のように前景と背景が反転した構図が（つまりジェルジンスキーが主役となった構図が）見られるかもしれません。

もっとも、もっともですよ、この物語が書かれたのが一九二九年であることは心にとめておく必要があると思います。つまりこれはスターリンによる血腥い粛清の起こる前に書かれたものです。「このような桶が必要ない時代がやってくるかもしれません」というジェルジンスキーの期待は空しく裏切られ、その後桶はどんどん大きくなっていきました。こうした歴史の酸鼻を知った後に書かれたならば、この物語はどうなったか、ちょっと興味のあるところです。

「一九一六年十月十二日火曜日」は、ちょうどジョイスの『ユリシーズ』がそうであるように、ある一日、それもさして他の日と変わらない一日が、永遠の相を帯びる話です。ある一日が時の流れから切り離され、孤絶したままでそれ自身の物語を語り始めるありさまは、ペルッツの小説作法の肝を見る思いがします。

ところで今ネットで調べたら、一九一六年十月十二日はどうも木曜日らしいのです。ネットはあてにならないこともあるので、図書館まで行って新聞の縮刷版を調べてみました。するとやはり木曜日でした。どうやらこれは存在しない一日の物語のようです。

「アンチクリストの誕生」は、知略に優れ行動力もある主人公が、ある目標のために全力を尽くすといった、ペルッツ作品ではおなじみの物語です。はじめのうちは牧歌的に進む物語が、あれよあれよという間に緊迫感を増していき、そのうち読者は息も継げずにプロットを追うしかなくなります。すでに読まれた方はおわかりのように、ある人物の意外な正体が最後に明かされ、あたかもそのサプライズが一篇の眼目であるかのような趣きがあります。

しかし、そうとも言いきれないのです。というのも、この中篇は、最初はこの作品だけを収めた挿絵入り小型本として一九二一年に出版されたのですが、その本にはあろうことか、巻頭の口絵に問題の人物の肖像画がご丁寧にも名前入りで載っています。推理小説でいえば、登場人物表に「この人が犯人」と明記するようなものですね。

しかしペルッツがそれに対して怒ったという話は聞きません。それを考えるとこの人物の正体は何がなんでも隠さねばならぬものでもなかったようです。実際、あらためて口絵を眺めると、後の「霰弾亭」の冒頭シーンと同じく、定められた運命をあらかじめ暗示しているようにも思えてきます。

アンチクリスト（反キリスト）というのは、キリスト教終末思想のなかでは、この世に終末が迫るときに出現しキリストに敵対する存在とされています。この話の主人公は夢のお告げによって自分の子がそのアンチクリストであることを確信します。それが本当にそうなのか、それともドン・キホーテのように単に風車に向かっているだけなのか、読者は最後までどちらとも決められません。事実、結末近くに出てくる修道院長は、その人物が後に神に歯向かうとは露ほども思わずに祝福を与えます。ようやく最後にその名が明らかになったとき、読者はようやく「おおやっぱり」と思います。

ただし、このアンチクリスト（もしそう呼んでよければの話ですが）の正体には、最初こそ驚きますが、若干肩透かしという感もないではありません。シチリアにはかつてやはりアンチクリストと称されその名にふさわしい怪物ぶりを見せたフリードリヒ二世という皇帝がいましたが、そういう人と比べると相当見劣りがします。失礼を顧みずに言えば、たしかに多少世を惑わしはしましたが、特にキリスト教世界を揺るがしたとは思えないくらいの小者ではないでしょうか。

一方では、旧約聖書にも似たエピソードがあったかと思いますが、いくら神のお告げがあったといえ（靴直しが見た夢の迫真性から考えて、これが天から来たものであることはまず疑いありますまい）、わが子を殺さねばならぬというのは大変なことです。今回は直前で邪魔が入りましたが、たとえ靴直しが赤子に手をかけることができたとしても、実際に殺せたかどうかは相当に疑問です。つまりこれはむしろ、恐ろしい難題を運命として与えられ、にもかかわらず全身で取り組む男の物語といえましょう。いままでペルッツを読んできた方ならば、同じようなテーマの話をいくつも思い浮かべられると思います。

「月は笑う」はドイツ語圏怪奇小説紹介の先達前川道介氏の手によって、すでに〈ミステリマガジン〉一九八四年八月号に訳出されています。のちに『書物の王国4 月』や『独逸怪奇小説集成』といったアンソロジーにも収録されましたので、ペルッツの短篇のなかでは最も知られたものではないでしょうか。前川氏自身も、雑誌『幻想文学』第十七号（一九八七）で、この短篇を「ドイツ幻想文学私の10選」のなかに入れ、「作者の技巧の冴えを鑑賞してほしい」と書いておられます。むかし氏の訳で読んだときの、月がやにわにジグザグに動きだした場面でのぞっとするような怖さは今でも記憶に残っています。今回の訳出にあたっても前川訳を参照させていただきました。

ところでこの話に出てくる年代記なるものは男爵の「狂った脳の所産」だったのでしょうか。それとも実在していたのでしょうか。これらの話を聞かされた老弁護士の感想「狂った幻想がそこから語りかけていて、それは古譚の素朴さから発せられるものではありません。そのくせ真に迫った雰囲気や時代色が感じられます」の前半部分から考えると、どちらかといえば捏造説に軍配をあげたくなりますが……。それはそれとして、この弁護士の言はまるでペルッツ自身の歴史小説への評のようですね。

もし捏造だったとすると、これほどの「真に迫った雰囲気や時代色」を持つ妄想を組み立てられる男爵は、まさにペルッツ並みの博識だったことになります。そして男爵は、あえて言えば、その該博な歴史知識が生み出す妄想に圧倒されるようにして命を落としたことになります。もっとも、より直接的な原因は他にあって、いわずと知れた男爵夫人その人です。

すなわち考えようによっては、男爵の命を奪ったのは頭が変になるほどの博識と夫人の行状であって、月は単にその背中を一押ししたにすぎないとも見られましょう。このことについては、「ボタンを押すだけで」とからめて、最後にまた触れようと思います。

「霰弾亭」は本書のなかでは「アンチクリストの誕生」についで長い作品ですが、後者に劣らず話の組み立てのうまさ、語り口の巧みさ、それから第一次大戦前のプラハを描く筆致のみごとさが堪能できます。

振り捨ててきたはずの過去がいきなり姿を現わすというのもペルッツがしばしばとりあげるテーマで、この本のなかでは「アンチクリストの誕生」にその要素があります。

長篇だと『スウェーデンの騎士』が代表的なものでしょう。

作中の表現を借りれば、この中篇は過去に迷い出口が見つからなくなってしまった男の物語です。あたかもタイムマシンが故障して動かなくなったように、主人公の曹長は過去から脱出できなくなり、過去に一度やりかけた行為を再びくりかえしてしまいます。まことに過去というものは（とくに精緻な記憶力を持つ人にとっては）恐ろしくなり得るものです。あの大長篇『失われた時を求めて』の主人公はふとした機会に蘇った過去に喜びを、そしてあえて言えば生きるよすがを見出しますが、すべての人がそうだとはかぎりません。

この事件を当時十八歳だった語り手が十二年後に思い出として語ります。この語り手は、曹長を殺したのは過去から来た迷い弾で、曹長は運悪くそれに当たっただけではないのかと夢想します。同じ女性に思いを寄せていたせいもあって、漠然と曹長の心情を理解できるようにも感じます。

ところが曹長自身に言わせれば、話は全然違います。ちっぽけな迷い弾が曹長に当たったのではありません。曹長自身がまるごと過去に迷い込んだのです。サハラ砂漠に迷い込むほうがまだましだ、と曹長自身の口から聞かされたにもかかわらず、語り手はその真意をよく理解しているようにも思えません。

つまりこれは、ウォルター・デ・ラ・メアやヘンリー・ジェイムズのある種の作品のように、「目の前で起こっていることを理解していない語り手によって語られた物語」といっていいかもしれません。そしてさらに輪をかけて能天気な周囲のプラハ兵たちの無理解がこの物語に第三のフォーカスをあて、複雑な味わいと奥行きをもたらしています。

そういえば次の「ボタンを押すだけで」も、デ・ラ・メアの中篇「失踪」のようなリドルストーリーです。どことなく胡散臭い語り手の話を、読者はおとなしく拝聴するしかなく、実際に何が起こったのかは要領を得ないまま小説は終わります。語り手の感情がときどき変に乱れること、それだけを手がかりにして、わたしたちはおぼろに真相を推測するしかありません。もっとも結末が謎めいていても、水雷と降霊術を結びつけるという奇想はそれだけで読者を楽しませてくれます。

この話でもうひとつ面白いのは、「ナポレオン、ワグナーのオペラ、園芸、年号、ショーペンハウエル、ロココ」と語り手が知識を増やしていくその裏で、ある陰謀が進行しているところです。シャーロック・ホームズ譚のひとつ「赤毛連盟」を思わせるプロットですが、肝心なのは百科全書的知識の獲得とあるものの喪失が表裏一体となっていることです。しかしそのことはこのあとがきの最後で触れましょう。

「夜のない日」の主人公ジョルジュ・デュルヴァルのモデルが、二十歳で決闘に命を散らした天才数学者エヴァリスト・ガロア（一八一一〜三二）であることはまず間違いないでしょう。ただしペルッツはその生年を自分と同時代にずらし、裕福な家に生まれ、長じてウィーンに移住し、多方面にわたる知識を持ついっぽう、血の気が多く人目を驚かすのが好きな派手好みの男という、自分自身とある程度属性を同じくする人物——いうならばガロアとペルッツのキメラとしてデュルヴァルを描いています。

優れた伝記『ガロアの生涯——神々の愛でし人』（市井三郎訳、日本評論社）が書かれたことによって、ガロアの名は数学者の間ばかりでなく一般読書界にまで浸透しました。この伝記の筆者レオポルド・インフェルトは、ペルッツとほぼ同時代を生きたユダヤ系の東欧人で、ナチスの台頭によって国外に亡命した点もペルッツと共通しています。奇しくも「レオポルド」という名まで似ています。

ところがガロアを見る視点は、インフェルトとペルッツでは百八十度といっていいほど違っています。インフェルトにとってガロアは神に愛されて数学の天分を授けられ、まさにそれゆえに、メナンドロスの格言「神々に愛された者は夭折する」どおりに早世した人物でした。ところがペルッツのデュルヴァルは神に愛されていません。〈運命〉は投函し忘れた手紙でも思い出すようにふとデュルヴァルのことを思い出し、そのなすべきことを数週間のうちにテキパキとやらせます。作者はそれを効率性（エコノミー）という言葉で表現しています。

しかもデュルヴァル本人は自分の数学の才能にまるで無自覚なのです。何かにとりつかれたように研究を進めながらも、本人はそれを暇つぶしの慰みとしか思わず、自分は音楽史に生涯を捧げるべきだったと後悔しています。運命はまるでチェスの駒としてしか彼を扱っていません。すなわち、もし決闘事件がなければ、デュルヴァルはあちこち目移りのするディレッタントとして、一生を無為のうちに過ごしたかもしれません。それを阻止するために運命は決闘という非常手段に訴えたのです。

――本書をここまで読まれた方は、ある一つのモチーフが、というか、ある人間関係が――ときには主題として、ときには挿話として――執拗なくらいに反復されていることにお気づきでしょう。まるでそのモチーフがなければ物語は動き出さないとでもいうように。あるいはそれがなければ物語の根拠が失われてしまうとでもいうように。「主よ、われを憐れみたまえ」や「アンチクリストの誕生」のプロット展開部にもそれは見られますが、とりわけ「月は笑う」と「ボタンを押すだけで」の結末の類似性にそれは端的に現われています。

ところで皆さんはホルへ・ルイス・ボルヘスの「アレフ」という短篇をお読みになったことがありますか。その筋をかいつまんで説明すると、わたし（ボルヘス）が熱烈な片思いをしていた女性ベアトリスが若くして死んだ後、ベアトリスの従兄ダネリはわたしを、彼らの一家が住んでいた屋敷の地下室に案内し、〈アレフ〉を見せます。それは直径数センチほどの球体でありながら、世界のあらゆるものを包含していました。わたしはそのアレフの中に、ベアトリスがダネリにあてた、「淫らで、信じがたい、あけすけな」手紙を何通も見ます。

しかし時がたつうちに、地下室で見たのは贋アレフではなかったかとわたしは疑いだします。そしてリチャード・バートン卿の手稿が伝える、カイロにある回教寺院の石柱に埋もれているものこそ本物のアレフと信じるのです。

このプロットはボルヘスのものでありながら、ペルッツ作品の真髄をも凝縮している感があります。すなわち広大な知識を得ることと女性を失うことが表裏（おもてうら）の関係にあって、その喪失が驚くべき奇想（バートン卿の手稿なるものが実在するとはとても思えません）の誘因となるのです。長篇では『最後の審判の巨匠』や『聖ペテロの雪』にそれは典型的に現われています。

万有の獲得と最愛の女性の喪失との不思議な関係――なぜそれらが結びつくのか、どちらが鶏でどちらが卵なのか、訳者にも実はよくわからないのですが、その不即不離の関係に少なくともペルッツとボルヘスは気づいていたようです。

その意味で、ただ一つのもの――もっとも根源的な感情――を語ることのできない青年が、それにもかかわらず、他のあらゆることを表現できるという話――「ある兵士との会話」がこの中短篇集の締めくくりとして置かれたのは、まことにふさわしいことといえましょう。

レオ・ペルッツ著作リスト

1 Die dritte Kugel（1915）『第三の魔弾』前川道介訳（国書刊行会／白水Uブックス）
2 Das Mangobaumwunder（1916）※Paul Frankとの合作
3 Zwischen neun und neun（1918）※中学生向け抄訳版『追われる男』梶竜雄訳（『中学生の友二年』別冊付録、1963年1月、小学館）
4 Das Gasthaus zur Kartätsche（1920）「霰弾亭」※中篇。後に13に収録
5 Der Marques de Bolibar（1920）『ボリバル侯爵』垂野創一郎訳（国書刊行会）
6 Die Geburt des Antichrist（1921）「アンチクリストの誕生」※中篇。後に13に収録
7 Der Meister des Jüngsten Tages（1923）『最後の審判の巨匠』垂野創一郎訳（晶文社）
8 Turlupin（1924）
9 Das Jahr der Guillotine（1925）※ヴィクトル・ユゴー『九十三年』の翻訳
10 Der Kosak und die Nachtigall（1928）※Paul Frankとの合作
11 Wohin rollst du, Äpfelchen . . .（1928）
12 Flammen auf San Domingo（1929）※ヴィクトル・ユゴー『ビュグ＝ジャルガル』の翻案
13 Herr, erbarme Dich meiner!（1930）『アンチクリストの誕生』※本書。中短篇集

14　St.Petri-Schnee（1933）『聖ペテロの雪』垂野創一郎訳（国書刊行会）
15　Der schwedische Reiter（1936）『スウェーデンの騎士』垂野創一郎訳（国書刊行会）
16　Nachts unter der steinernen Brücke（1953）『夜毎に石の橋の下で』垂野創一郎訳（国書刊行会）
17　Der Judas des Leonardo（1959）『レオナルドのユダ』鈴木芳子訳（エディションq）
18　Mainacht in Wien（1996）『ウィーン五月の夜』小泉淳二・田代尚弘訳（法政大学出版局）※未刊短篇・長篇中絶作・旅行記などを収録した拾遺集

解説　レオ・ペルッツの綺想世界

皆川博子

「小説は、花も実もある絵空事を」と主張したのは、エンターテインメント小説界の巨峰・柴田錬三郎でした。一九六〇年代半ばから七〇年代にかけて、日本の中間小説界では社会派的なリアリズムが尊重され――一方で、海外の幻想文学が盛んに邦訳された時代でもあったのですが――、現実の日常から飛躍したフィクションはとかく低く見られがちな風潮があったその中で、シバレンさんは声を上げたのでした。中間小説というのは今ではなじみのない呼称になったと思いますが、説明は略します。

〈花〉が奔放なフィクションを示すなら、〈実〉は、正確で広範な知識学識、人間と社会に対する深みに達した認識、その双方を備えたものを指すのではないか、と思います。〈実〉というより、張り巡らされた〈根〉なので、私がねじ曲げて解釈しているのですが、本邦でいえば、その実践者として、柴田錬三郎その人はもとより、山田風太郎、山田正紀の名が浮かびます。

〈奔放なフィクション〉とはすなわち、大法螺です。〈根〉が充実しているほど、みごとな花が咲く。レオ・ペルッツはまさに、「花も実もある絵空事」を著す小説家であると思います。大法螺、絵空事という言葉がよくない印象を与えるなら、それは〈純文学〉偏重のせいではないでしょうか。

レオ・ペルッツが本邦に紹介されたのは、一九八六年、ドイツ文学者前川道介先生が訳された『第三の魔弾』をもって嚆矢（こうし）とします。その解説で前川先生は、〈ドイツでは文学の世界でも、真面目なもの、教養主義的なものを尊び、遊びの要素の強いものは故意に無視する傾向があり、純文学と大衆文学を必要以上に区別〉する傾向が強いと記しておられます。二十年近い昔になりますが、ドイツの若い小説家と話を交わす機を得たことがあります。はっきり区別されている、と彼は言ったのでした。権威のある書評誌の名を上げ、それに採りあげられるのが純文学で、娯楽的要素のあるものは排除される、ということでした。現在の状況は知りません。日本では、最近は両者を隔てる壁が薄く浸透性を持つようになってきていると感じますが、ある時期まできわめて強固でした。児童文学において殊に顕著で、そのために一時期の日本の児童文学は社会主義的リアリズムを尊重し教条的になり、面白さに欠け、と綴っていくと脇道に逸れるので、ペルッツに戻ります。

ふたたび前川先生の解説を引きますと、〈史実と不即不離の関係を保ちながら、作者の主観と空想が展開する物語を専門の歴史家にも興味深く読ませるのが歴史小説のすぐれたもの〉であり、ペルッツの場合〈作者の空想がヴィジョンと呼びたいほど強烈〉であるがゆえに、〈幻想的歴史小説〉としておられます。〈幻想歴史小説の本質とその興味は、学問的に承認され秩序づけられている史実に作者が独自の強烈なヴィジョンによって亀裂を入れ、読者に思わず快哉を叫ばせる離れ業（サルト・モルターレ）であるといっていいでしょう。〉

絶版になっていた『第三の魔弾』は二〇一五年、白水社からUブックスの一つとして復刊され、前川先生の解説も載っています。私が読んだのは、この版です。

本書『アンチクリストの誕生』の訳者垂野創一郎氏が二〇〇五年に訳出された『最後の審判の巨匠』（晶文社）を、私は幻想文学偏愛を標榜しながら、けしからんことに読み逃しており、ペルッツに初めて接したのは、同氏の訳になる『夜毎に石の橋の下で』（二〇一二年　国書刊行会）によってでした。ルドルフ二世――存在そのものがフィクションのような、実在した皇帝――治下のプラハ、というだけでも十分に興味をそそられます。グスタフ・マイリンクの『ゴーレム』や無声怪奇映画『プラーグの大学生』などの舞台になった、ルドルフ二世の影がのびるプラハは、綺想幻想の物語が生まれるのにふさわしい都市です。『夜毎に……』は、素材と舞台を生かし切った興趣深いものでした。解説も垂野さんですが、史実を踏まえながら魔術を用いたかのように綺想を開花させる作風を的確な譬喩で語っておられます。〈厚紙の下で操られる磁石によって、上

に撒かれたばらばらの砂鉄が微妙に向きを変え、思いもよらなかった模様を形づくる光景を思わせる。〉

それ以後、垂野さんは『ボリバル侯爵』『スウェーデンの騎士』『聖ペテロの雪』、そしてこの『アンチクリストの誕生』と、ペルッツの諸作を次々に翻訳され、日本の読者が親しむ機を与えてくださっています。ナポレオンの進撃を迎え撃つスペインだの、スウェーデン対ロシア・ザクセン同盟の北方戦争だの、場所も時代も多岐にわたり、それぞれが奇想天外でありながら、確たる史実に基づいている。中短編集『アンチクリストの誕生』では、一作ごとに異なる場所、異なる時代が取り上げられています。

ペルッツの該博な知識と亀裂の入れ方を楽しむとともに、後書き・解説を記される訳者垂野創一郎氏の碩学にも驚嘆します。垂野さんは同人レーベル〈エディション・プヒプヒ〉で、ドイツ、オーストリア、チェコなどの作家を中心にした、商業ベースには乗りにくい異色の幻想小説を翻訳刊行しておられます。かつては澁澤龍彦氏や種村季弘氏が率先して海外の幻想綺想作品を紹介しておられました。その流れが途絶えることなく続いているのは、嬉しい限りです。文庫版で新訳書が刊行されることにより、ペルッツの、ひいては綺想小説の、魅力に惹かれる読者が新たに生まれることと思います。

編集＝藤原編集室

本書はちくま文庫オリジナル編集です。

高慢と偏見（下）　ジェイン・オースティン　中野康司訳

互いの高慢からの偏見が解けはじめ、聡明な二人は急速に惹かれあってゆく……。あふれる笑いと絶妙の展開で読者を酔わせる英国恋愛小説の傑作。

エマ（上）　ジェイン・オースティン　中野康司訳

美人で陽気な良家の子女エマは縁結びに乗り出すが、見当違いから十七歳のハリエットの恋を引き裂くことに……。オースティンの傑作を新訳で。

エマ（下）　ジェイン・オースティン　中野康司訳

慎重と軽率、嫉妬と善意が相半ばする中、意外な結末がエマを待ち受ける。英国の平和な村を舞台にした笑いと涙の楽しいラブ・コメディー。

分別と多感　ジェイン・オースティン　中野康司訳

冷静な姉エリナーと、情熱的な妹マリアン。好対照をなす姉妹の結婚への道を描くオースティンの永遠の傑作。読みやすくなった新訳で初の文庫化。

説得　ジェイン・オースティン　中野康司訳

まわりの反対で婚約者と別れたアン。しかし八年後思いがけない再会が。繊細な恋心をしみじみと描くオースティン最晩年の傑作。読みやすい新訳。

ノーサンガー・アビー　ジェイン・オースティン　中野康司訳

17歳の少女キャサリンは、ノーサンガー・アビーに招待されて有頂天。でも勘違いからハプニングが……。オースティンの初期作品、新訳&初の文庫化！

マンスフィールド・パーク　ジェイン・オースティン　中野康司訳

伯母にいじめられながら育った内気なファニーはいつしかいとこのエドマンドに恋心を抱くが――。恋愛小説の達人オースティンの円熟期の作品。

ジェイン・オースティンの読書会　カレン・ジョイ・ファウラー　中野康司訳

6人の仲間がオースティンの作品で毎月読書会を開く。個性的な参加者たちが小説を読み進める中で、それぞれの身にもドラマティックな出来事が――。

ジェイン・オースティンの言葉　中野康司

オースティンの長篇小説を全訳した著者が、作品中の含蓄ある名言を紹介する。オースティン・ファンもこれから読む人も満足する最高の読書案内。

チャタレー夫人の恋人　D・H・ロレンス　武藤浩史訳

戦場で重傷を負い、不能となった夫――喪失感を抱く夫人は森番と出会い、激しい性愛の歓びを知る。名作の魅惑を伝える、リズミカルな新訳。

文読む月日（上）　トルストイ　北御門二郎訳

一日一章、一年三六六章。古今東西の聖賢の名言・箴言を日々の心の糧となるよう、晩年のトルストイが心血を注いで集めた一大アンソロジー。

文読む月日（中）　トルストイ　北御門二郎訳

キリスト・仏陀・孔子・老子・プラトン・ルソー……総勢一七〇名にものぼる聖賢の名言の数々はまさに「壮観」。中巻は6月から9月までを収録。

文読む月日（下）　トルストイ　北御門二郎訳

「自分の作品は忘れられても、この本だけは残るに違いない」（トルストイ）。訳者渾身の「心訳」による「名言の森」完結篇。略年譜、索引付。

荒涼館（全4巻）　C・ディケンズ　青木雄造他訳

上流社会、政界、官界から底辺の貧民、浮浪者まで巻き込んだ因縁の訴訟事件。小説の面白さをすべて盛り込み壮大なスケールで描いた代表作。（青木雄造）

レ・ミゼラブル（全5巻）　ユゴー　西永良成訳

慈愛あふれる司教との出会いによって心に光を与えられ、ジャン・ヴァルジャンは新しい運命へと旅立つ――叙事詩的な長篇を読みやすい新訳でおくる。

トーベ・ヤンソン短篇集　トーベ・ヤンソン　冨原眞弓編訳

ムーミンの作家にとどまらないヤンソンの作品の奥行きと背景を伝える短篇のベスト・セレクション。「愛の物語」「時間の感覚」「雨」など、全20篇。

誠実な詐欺師　トーベ・ヤンソン　冨原眞弓訳

〈兎屋敷〉に住む、ヤンソンを思わせる老女性作家。彼女に対し、風変わりな娘がめぐらす長いたくらみとは？　傑作長編がほとんど新訳で登場。

トーベ・ヤンソン短篇集　黒と白　トーベ・ヤンソン　冨原眞弓編訳

ムーミンの作家ヤンソンは優れた短篇小説作家でもある。フィンランドの暗く長い冬とオーロラさながら、孤独と苦悩とユーモアに溢れた17篇を集める。

ムーミンのふたつの顔　冨原眞弓

児童文学の他に漫画もアニメもあるムーミン。媒体や時期で少しずつ違うその顔を丁寧に分析し、本質に迫る。トリビア情報も満載。（梨木香歩）

ムーミンを読む　冨原眞弓

ムーミンの第一人者が一巻ごとに丁寧に語る、ムーミン物語の魅力！　徐々に明らかになるムーミン一家の過去や仲間たち。ファン必読の入門書。

イギリスだより
カレル・チャペック旅行記コレクション
カレル・チャペック
飯島周 編訳
風俗を描かせたら文章も絵もピカ一のチャペック。イングランド各地をまわった楽しいスケッチ満載で、今も変わらぬイギリス人の愛らしさが冴える。

スペイン旅行記
カレル・チャペック旅行記コレクション
カレル・チャペック
飯島周 編訳
描きたいものに事欠かないスペイン。酒場だファサードだ闘牛だフラメンコだ、興奮気味にその楽しさを語りスケッチを描く、旅エッセイの真骨頂。

北欧の旅
カレル・チャペック旅行記コレクション
カレル・チャペック
飯島周 編訳
そこには森とフィヨルドと牛と素朴な人々の暮らしがあった。デンマーク、ノルウェー、スウェーデンを鉄道と船でゆったりと旅した記録。本邦初訳。

オランダ絵図
カレル・チャペック旅行記コレクション
カレル・チャペック
飯島周 編訳
そこにあるのは、水車、吊り橋、ボート、牛、そして自転車。ヨーロッパの中の小さな小さな国に、チャペックが大きな世界と民族を見る見聞記。

星の王子さま
サン=テグジュペリ
石井洋二郎 訳
飛行士と不思議な男の子。きよらかな二つの魂の出会いと別れを描く名作――透明な悲しみが読むものの心にしみとおる、最高度に明快な新訳でおくる。

キャッツ
T・S・エリオット
池田雅之 訳
劇団四季の超ロングラン・ミュージカルの原作新訳版。あまのじゃく猫におちゃめ猫、猫の犯罪王に鉄道猫。15の物語とカラーさしえ14枚入り。

不思議の国のアリス
ルイス・キャロル
柳瀬尚紀 訳
おなじみキャロルの傑作。子どもむけにおもねらず、ことば遊びを含んだ、透明感のある物語を原作の香気そのままに日本語に翻訳。（楠田枝里子）

ケルトの神話
井村君江
古代ヨーロッパの先住民族ケルト人が伝え残した幻想的な神話の数々。目に見えない世界を信じ、妖精たちと交流するふしぎな民族の源をたどる。

ケルト妖精物語
W・B・イエイツ編
井村君江 編訳
群れなす妖精もいれば一人暮らしの妖精もいる。不思議な世界の住人達がいきいきと甦る。イエイツが贈るアイルランドの妖精譚の数々。

ケルトの薄明
W・B・イエイツ
井村君江 訳
無限なものへの憧れ。ケルトの哀しみ。イエイツ自身が実際に見たり聞いたりした、妖しくも美しい話ばかり40篇。（訳し下ろし）

ケルトの白馬／ケルトとローマの息子
ローズマリー・サトクリフ
灰島かり訳
ブリテン・ケルトもの歴史ファンタジーの第一人者による珠玉の少年譚。実在の白馬の遺跡をモチーフにした代表作ほか一作。（荻原規子）

炎の戦士クーフリン／黄金の騎士フィン・マックール
ローズマリー・サトクリフ
灰島かり／金原瑞人／久慈美貴訳
神々と妖精が生きていた時代の物語。かつてエリンと言われた古アイルランドを舞台に、ケルト神話に名高いふたりの英雄譚を1冊に。（井辻朱美）

クマのプーさん エチケット・ブック
A・A・ミルン
高橋早苗訳
『クマのプーさん』の名場面とともに、プーが教えるマナーとは？ 思わず吹き出してしまいそうな可愛らしい教えたっぷりの本。（浅生ハルミン）

グリム童話（上）
池内紀訳
「狼と七ひきの子やぎ」「ヘンゼルとグレーテル」「灰かぶり姫」「赤ずきん」「ブレーメンの音楽隊」、新訳「コルベス氏」等32篇。新鮮な名訳が魅力だ。

グリム童話（下）
池内紀訳
「いばら姫」「白雪姫」「水のみ百姓」「きつねと猫」などに「すすまみれ悪魔の弟」など新訳6篇を加え34篇を歯切れのよい名訳で贈る。

別世界物語（全3巻・分売不可）
C・S・ルイス
中村妙子他訳
香気あふれる神学的SFファンタジー。マラカンドラ（沈黙の惑星を離れて）、ペレランドラ（金星への旅）、サルカンドラ（かの忌わしき砦）。

ギリシア悲劇（全4巻）
荒々しい神の正義、神意と人間性の調和、人間の激情と心理。三大悲劇詩人（アイスキュロス、ソポクレス、エウリピデス）の全作品を収録する。

ギリシア神話
串田孫一
ゼウスやエロス、プシュケやアプロディテなど、人間くさい神々をめぐる複雑なドラマを、わかりやすく綴った若い人たちへの入門書。

シェイクスピア全集（刊行中）
シェイクスピア
松岡和子訳
シェイクスピア劇、待望の新訳刊行！ 普遍的な魅力を備えた戯曲を、生き生きとした日本語で。詳細な注、解説、日本での上演年表をつける。

妖精の女王（全4巻・分売不可）
エドマンド・スペンサー
和田勇一／福田昇八訳
16世紀半ばの英国の詩人スペンサーの代表作。「アーサー王物語」をベースとして、6人の騎士が竜退治や姫君救出に活躍する波乱万丈の冒険譚。

ボードレール全詩集Ⅰ
シャルル・ボードレール 阿部良雄 訳

詩人として、批評家として、思想家として、近年重要度を増しているボードレールのテクストを世界的な学者の個人訳で集成する初の文庫版全詩集。

ランボー全詩集
アルチュール・ランボー 宇佐美斉 訳

束の間の生涯を閃光のようにかけぬけた天才詩人ランボー——稀有な精神が紡いだ清冽なテクストを、世界的ランボー学者の美しい新訳でおくる。

ガルガンチュアとパンタグリュエル（全5巻）
フランソワ・ラブレー 宮下志朗 訳

フランス・ルネサンス文学の記念碑的大作。〈知〉の一大転換期の爆発的エネルギーと感動をつたえる画期的新訳。第64回読売文学賞研究・翻訳賞受賞作。

短篇小説日和
西崎憲 編訳

短篇小説は楽しい！　大作家から忘れられたマイナー作家の小品まで、英国らしさ漂う一風変わった傑作を集めました。巻末に短篇小説論考を収録。

怪奇小説日和
西崎憲 編訳

怪奇小説の神髄は短篇にある。ジェイコブズ「失われた船」、エイクマン「列車」など古典的怪談から異色短篇まで18篇を収めたアンソロジー。

リテラリーゴシック・イン・ジャパン
高原英理 編

世界の残酷さと人間の暗黒面を不穏に、鮮烈に表現する「文学的ゴシック」。古典的傑作から現在第一線で活躍する作家まで、多彩な顔触れで案内する。

60年代日本SFベスト集成
筒井康隆 編

「日本SF初期傑作集」とでも副題をつけるべき作品集である（編者）。二十世紀日本文学のひとつの里程標となる歴史的アンソロジー。（大森望）

異形の白昼
筒井康隆 編

様々な種類の「恐怖」を小説ならではの技巧で追求した戦慄すべき名篇たちを収める。わが国のアンソロジー文学史に画期をなす一冊。（東雅夫）

70年代日本SFベスト集成1
筒井康隆 編

日本SFの黄金期の傑作を、同時代にセレクトした記念碑的アンソロジー。SFに留まらず「文学の新しい可能性」を切り開いた作品群。（荒巻義雄）

70年代日本SFベスト集成2
筒井康隆 編

星新一、小松左京の巨匠から、編者の「おれに関する噂」、松本零士のセクシー美女登場作まで、長篇なみの濃さをもった傑作群が並ぶ。（山田正紀）

玉子ふわふわ　早川茉莉編
国民的な食材の玉子、むきむきで抱きしめたい！森茉莉、武田百合子、吉田健一、山本精一、宇江佐真理ら37人が綴る玉子にまつわる悲喜こもごも。

図書館の神様　瀬尾まいこ
赴任した高校で思いがけず文芸部顧問になってしまった清（きよ）。そこでの出会いが、その後の人生を変えてゆく。鮮やかな青春小説。（山本幸久）

ピスタチオ　梨木香歩
棚（たな）がアフリカを訪れたのは本当に偶然だったのか。不思議な出来事の連鎖から、水と生命の壮大な物語「ピスタチオ」が生まれる。（管啓次郎）

君は永遠にそいつらより若い　津村記久子
22歳処女。いや「女の童貞」と呼んでほしい――。日常の底に潜むうっすらとした悪意を独特の筆致で描く。第21回太宰治賞受賞作。（松浦理英子）

アレグリアとは仕事はできない　津村記久子
彼女はどうしようもない性悪だった。すぐ休み単純労働をバカにし男性社員に媚を売る。大型コピー機とミノベとの仁義なき戦い！（千野帽子）

こちらあみ子　今村夏子
あみ子の純粋な行動が周囲の人々を否応なく変えていく。第26回太宰治賞、第24回三島由紀夫賞受賞作。書き下ろし「チズさん」収録。（町田康／穂村弘）

通天閣　西加奈子
このしょーもない世の中に、救いようのない人生に、ちょっぴり暖かい灯を点す驚きと感動の物語。第24回織田作之助賞大賞受賞作。（津村記久子）

絶叫委員会　穂村弘
町には、偶然生まれては消えてゆく無数の詩が溢れている。不合理でナンセンスで真剣だからこそ可笑しい、天使的な言葉たちへの考察。（南伸坊）

ねにもつタイプ　岸本佐知子
何となく気になることにこだわる、ねにもつ。思索、奇想、妄想はばたく脳内ワールドをリズミカルな名短文でつづる。第23回講談社エッセイ賞受賞。

うれしい悲鳴をあげてくれ　いしわたり淳治
作詞家、音楽プロデューサーとして活躍する著者の小説＆エッセイ集。彼が「言葉」を紡ぐと誰もが楽しめる「物語」が生まれる。（鈴木おさむ）

ちくま文庫

アンチクリストの誕生（たんじょう）

二〇一七年十月十日　第一刷発行

著　者　レオ・ペルッツ
訳　者　垂野創一郎（たるの・そういちろう）
発行者　山野浩一
発行所　株式会社　筑摩書房
東京都台東区蔵前二―五―三　〒一一一―八七五五
振替〇〇一六〇―八―四一二三
装幀者　安野光雅
印刷所　株式会社精興社
製本所　株式会社積信堂

乱丁・落丁本の場合は、左記宛にご送付下さい。
送料小社負担でお取り替えいたします。
ご注文・お問い合わせも左記へお願いします。
筑摩書房サービスセンター
埼玉県さいたま市北区櫛引町二―六〇四　〒三三一―八五〇七
電話番号　〇四八―六五一―〇〇五三

ISBN978-4-480-43466-1　C0197